ALAN WADE

2010
Deutsche Erstausgabe

Herstellung und Verlag:
Books on Demand GmbH, Norderstedt
ISBN 978-3-8391-8991-7

Umschlaggestaltung: Stefan Schottleitner
Coverfoto: Bernhard Speer
www.artstyleproductions.com

Es roch modrig und feucht, als ich die alte Kellertreppe hinabging. Die Stufen knarrten bei jedem Schritt, den ich auf die Treppen setzte. Dieses Haus war sicher schon gute 200 Jahre alt und hat schon einiges mitgemacht.

Das Licht der Taschenlampe war nicht viel besser als ein Grablicht, doch sie erfüllte ihren Zweck. Zwanzig Meter vor mir befand sich der Aktenschrank, den ich suchte. Ich hoffte hier des Rätsels Lösung zu finden.
Mit einem leichten Quietschen öffnete ich die schwere Eisenlade, ständig im Hinterkopf nach verdächtigen Geräuschen lauschend.
Der Wachhund sollte noch eine Stunde außer Gefecht sein, und Polizeichef Higgins war auf einem Ball. Er sollte nicht vor den frühen Morgenstunden daheim sein.
Die Akte, die diesen Fall lösen sollte, war genau vor mir. Ich suchte nach Wade Alan. Wenn ich sie fand, war der Fall gelöst. Als ich den Hängefolder aus dem Aktenschrank nahm und öffnete, war er leer.
Die Beweise wurden vernichtet. Ich stand wieder am Anfang und hatte keinen Anhaltspunkt mehr. Ich musste Alan finden, nur sie konnte mir helfen. Langsam schloss ich die schwere Eisenlade und versuchte so schnell wie möglich, das Haus des Polizeichefs zu verlassen.

Als ich meinen Fuß auf die erste Stufe stellte, hörte ich Stimmen im Obergeschoß.

Es war Higgins, das konnte ich laut und deutlich hören. „Wir müssen Wade ausschalten, tun Sie, was Sie tun müssen, und das schnell." Es fuhr mir durch Mark und Bein. Higgins war in die Sache verwickelt, oder vielleicht der Drahtzieher dieser ganzen Sache. Der oberste Chef des Gesetztes, dem die ganze Stadt vertraute, der höchstes Ansehen bei allen Politikern genoss, war in den größten Skandal verwickelt, den Dunken City je gehabt hatte. Mein Herz raste und ich war mir nicht sicher, wie ich nun vorgehen sollte. Ich konnte doch nicht meinen eigenen Vorgesetzten bespitzeln. Andererseits bekam der Fall dadurch eine komplett neue Wendung.

Hatte Higgins seine eigene Frau ermorden lassen, weil sie zuviel wusste? Im Obduktionsbericht stand sie sei ausgerutscht und im Swimmingpool ertrunken. War es Mord?

Der Fall wurde immer brisanter, und allem Anschein nach hatte Higgins etwas damit zu tun. Ich musste mehr über Higgins herausfinden und so schnell wie möglich Alan finden. Ihr Leben war in Gefahr. Auf dem Heimweg in meine Wohnung kreisten die Gedanken in meinem Kopf. Ich konnte mir kein klares Bild machen. Ich kannte Higgins schon seit fast zwanzig Jahren, und er hatte einen sehr guten Ruf als Chief. Bevor Higgins das Amt übernahm, regierten Korruption und Gewalt Dunken City. Doch innerhalb von nur fünf Jahren machte er die Stadt zu einer der sichersten in ganz Woodland. Er baute Gefängnisse und finanzierte die komplette Ausrüstung der Polizei. Er führte die Todesstrafe wieder ein und beendete die Korruption.

Ich konnte nicht glauben, dass er in die Sache verwickelt war.

Am nächsten Morgen kam ich ins Revier und erlebte die nächste Überraschung.

Howard Blake war aus dem Gefängnis ausgebrochen.

Der berüchtigtste Massenmörder, den Dunken City je erlebt hatte, war aus dem Hochsicherheitstrakt geflüchtet. Der, den ich vier Jahre lang verfolgt hatte und eigenhändig verhaftete, flüchtete aus einem Gefängnis, aus dem es angeblich unmöglich war, auszubrechen.

Seit vierzig Jahren gibt es Crime Quest und es war noch keinem einzigen gelungen, dort zu entkommen.

Blake hat es geschafft, indem er seinen Rechtsanwalt in der Zelle erwürgte, ihm das Gewand eines Sträflings anzog und seine Leiche ins Bett legte. Der Wärter hatte wohl gedacht, Blake schlief.

Am nächsten Morgen kleidete sich Blake wie der Rechtsanwalt, versteckte sich im Schmutzwäschewagen und ging ungeniert als angeblicher Anwalt aus dem Gefängnis hinaus.

Wie konnte das eine ganze Nacht nicht einem einzigen Wärter auffallen?

Die ganze Sache war inszeniert, daran bestand kein Zweifel. Blake wurde absichtlich freigelassen, um Alan umzubringen. Aber wer war darin verwickelt?

„Jake!" Higgins riss mich aus meinen Gedanken. „Sie müssen Blake finden, er ist eine Bestie. Sie bekommen volle Unterstützung von mir, egal, was Sie brauchen. Sie müssen Ihn finden. Sie sind der einzige, der ihn schnappen kann. Sie haben es schon einmal geschafft, also finden Sie ihn so schnell wie möglich."

Vollste Unterstützung von Higgins? Das kann nur eine Täuschung sein.

Der Vorteil war, dass Higgins nicht die gleichen Dinge wie ich wusste.

Ich hatte also sein vollstes Vertrauen. Er meines jedoch nicht mehr. Higgins hatte Blake freigelassen, um Alan zu töten, dessen war ich mir sicher.

Ich setzte mich in mein Auto und fuhr zu Howard, vielleicht konnte er mir ja weiterhelfen. Nach einer halben Stunde parkte ich vor Howards Ranch.

Er wohnte außerhalb der Stadt, und nach seinem Unfall vor 5 Jahren ging er kaum noch aus dem Haus. Dennoch wusste Howard über alles und jeden Bescheid.

Man sagte ihm nach, dass er Beziehungen bis ganz nach oben hätte.

„Hi How!" rief ich ihm zu, als ich Howard auf der Veranda in seinem alten Sessel schaukelnd sitzen sah. „Hi Jake!" kam es zurück. „Komm doch her!" Howard saß wie immer, wenn schönes Wetter war, draußen und paffte an seiner Pfeife.

Er veränderte sich in den letzten Jahren kein bisschen. Seine Haut war zäh und dick wie Leder, und tiefe Falten und Furchen zeichneten sein Gesicht. Am markantesten war jedoch seine Narbe, die sich vom Kinn weg bis in die Stirn zog. Niemand wusste, woher die Narbe kam. Wenn man ihn danach fragte, winkte er nur mürrisch ab. Man munkelte, es sei bei dem Raubüberfall vor 30 Jahren passiert, als man seine Eltern ermordete und er den Dieb fast vier Kilometer verfolgte. Schließlich war der Dieb außer Atem gekommen und Howard hatte sich auf ihn gestürzt.

Doch der Dieb hatte sich retten können, indem er Howard mit einem Messer das Gesicht verunstaltete.

Der Mord an Howards Eltern konnte bis heute nicht aufgeklärt werden. „Hi Jake!" Howard starrte wie immer ins Leere, wenn er jemanden begrüßte. „Was führt dich zu mir?" „Ja How, schon lang nicht mehr gesehen". Es war tatsächlich schon gute fünf Jahre her gewesen, als ich ihn das letzte Mal sah.

Ich setzte mich neben ihn auf den Stuhl und wir beide saßen und schauten auf das Land hinaus. Die Pferde wälzten sich im Sand und galoppierten in der Steppe.

„Du kommst wegen Higgins, oder?" Howard durchbrach das Schweigen. „Ich habe schon davon gehört, Higgins soll Blake mehr oder weniger zur Flucht verholfen haben. Es stimmt tatsächlich, Higgins war daran beteiligt, aber das weißt du ja, darum kommst du nicht zu mir. Es ist wegen Alan, oder? Ich weiß nicht, wo sie ist, aber auch wenn ich es wüsste, ich würde es dir nicht sagen. Du verstehst das sicher."

Ja, ich wusste, was Howard meinte, je weniger Personen ihren Aufenthaltsort kannten, desto sicherer war sie.

Aber wenn ich nicht wusste, wo Alan war, konnte ich Higgins nicht dingfest machen.

Aus Howard brachte ich nichts heraus, das wusste ich. Er kann schweigen wie ein Grab, aber genau das schätzte ich an ihm.

„Was weißt du über Higgins?" Ich schaute Howard fragend an.

Higgins wurde nur Polizeichef, weil er damals Gorky aus dem Gefängnis holte.

Gorky war einer der mächtigsten in ganz Dunken City, und Angelo nagelte ihn fest.

Er brauchte fünf Jahre, um genug Beweise gesammelt zu haben, damit es zu einem Prozess kommen konnte.

Angelo war ein Held, ein italienischer Cop, der seit zehn Jahren nur hinter Gorky her gewesen war.

Ich kannte die Geschichte von Angelo, es war etwa zwanzig Jahre her, damals, als noch Kor-

ruption und Gewalt die Stadt fest in der Hand
hatten.

Angelo hetzte Gorky um die ganze Welt, aber
Gorky war immer etwas schneller gewesen als
er.

Er spielte Katz und Maus mit Angelo, doch es
passierte ihm ein folgenschwerer Fehler: Gorky
ermordete seinen Paten, weil er an die Spitze
wollte, dadurch hetze er die Mafia auf sich, da
er sie in ihrer Ehre verletzt hatte.

Er flüchtete in die Vereinigten Staaten, wo er zu
einem der größten Unterweltbosse aufstieg.

Die Mafia hetzte ihn bis nach Dunken City
nach, doch Gorky hatte schon zu viel Macht,
und wenn sie ihn ermordet hätten, dann hätte
dies einen Bandenkrieg ausgelöst, welcher nicht
zu gewinnen gewesen wäre.

Higgins deckte Gorky, indem er Akten verschwinden ließ und Beweise vernichtete.

Gorky ermordete den früheren Polizeichef
Clark, woraufhin Higgins dessen Nachfolger
wurde.

Jeder hatte es gewusst, doch die Beweise waren
natürlich nicht mehr auffindbar gewesen. Und
diejenigen, die danach gesucht hatten, waren
kaltgestellt worden. Sie waren einfach verschwunden. Offiziell hatte die Polizei verlaut-
baren lassen, dass sie alle versetzt worden sei-
en.

„Tja mein Junge, du arbeitest für einen Verbrecher bei der Polizei", sagte Howard.

„Die Korruption ist die gleiche wie vor zwanzig Jahren. Der Unterschied ist nur, dass es nicht offensichtlich ist. Es wird unter den Tisch gekehrt und Gegner werden ausgeschaltet.

So wäscht eine Hand die andere.

Gorky hilft Higgins, indem er Gegner beseitigt, und Higgins deckt Gorky, indem er Beweise vernichtet."

„How, ich werde dem ein Ende setzen." Ich war fest entschlossen, dies zu beenden.

„Du bist dumm und naiv, Jake!" Howard drehte sich zu mir und blickte mich mit steinerner Miene an. „Du willst dem ein Ende setzen? Sie werden dich genauso töten wie alle anderen. Denkst du denn, es hat noch keiner versucht? Es haben schon zu viele ihr Leben lassen müssen. Lass es gut sein. Du kannst dagegen nichts machen. Und jetzt geh, ich brauche meine Ruhe."

Howard stieg langsam aus seinem Sessel, schaute mich von der Seite an und spuckte seinen Tabak, den er die ganze Zeit schon gekaut hatte, auf die Terrasse.

„Ich werde dem ein Ende setzen", murmelte er und schmunzelte dabei, als er Richtung Stall ging.

Vielleicht hatte er recht?

Aber ich musste dem ganzen Einhalt gebieten, so durfte es nicht weitergehen.

Ich war Polizist geworden, um Gerechtigkeit und Ordnung zu vertreten, ich wäre ein Verbrecher, wenn ich tatenlos zusehen, würde wie ein korrupter Polizeichef mit einem Verbrecher und Mörder zusammenarbeitet.

Ich wusste noch immer nicht, wo Alan war.

Ich hatte auch keinen Anhaltspunkt mehr, keine Spur, und Howard wollte mir auch nicht mehr weiterhelfen.

Ich fuhr von seiner Ranch Richtung Stadt.

Es war ziemlich heiß hier draußen, ich öffnete das Verdeck vom Wagen, aber das brachte keine Milderung. Im Gegenteil, die Sonne brannte erbarmungslos auf die Erde und heizte die Steppe noch mehr auf.

Ich musste Alan finden. Mein einziger Gedanke kreiste nur noch um sie.

Ich hatte keine Ahnung, wie ich das anstellen sollte, da ich nicht wirklich auf Hilfe hoffen konnte. Ich durfte auch nicht zu viel Aufsehen erregen, das könnte gefährlich werden.

Als ich meinen Gedanke freien Lauf ließ, bemerkte ich, dass mich seit längerer Zeit ein Auto verfolgte.

Das ist sehr ungewöhnlich hier in der Steppe.

Das einzige, das in dieser Einöde war, war die Ranch von Howard.

Aber so ein Auto hätte ich bemerkt, es war dunkelblau, also ziemlich auffällig bei rotem Sand.

Ich fuhr etwas schneller und wartete ab.

Das Auto behielt die Geschwindigkeit bei und die Entfernung wurde größer.

Ich fing schon an unter Verfolgungswahn zu leiden, ich sah hinter jeder Ecke einen Feind.

Howard sagte immer: „Vorsicht ist der erste Schritt zur Angst."

Ich wusste nun, was er damit meinte.

Vor mir tauchte die Skyline von Dunken City auf und ich fühlte mich sicherer, obwohl es ja keinen Grund dazu gab, wahrscheinlich war es das Vertraute der Stadt, welches mir ein Gefühl der Sicherheit vermittelte. Das Eigenartige daran ist, dass die Stadt bei weitem unsicherer als das Land war.

Und dennoch war ich froh, als ich die Stadteinfahrt passierte.

Wie immer war ein Stau auf der Road Street, die Autos hupten um die Wette und die Fahrer dachten wieder einmal, dass sie schneller vorwärts kämen, wenn sie nur fleißig auf sich aufmerksam machen würden.

Nach geschlagenen zwei Stunden kam ich zu meinem Wohnblock.

Ich schloss die Türe auf und ging in das Stiegenhaus, um den Lift zu rufen.

Als ich auf die Taste drückte, um den Lift zu holen, hörte ich ein Glas klirren.

Es kam eindeutig vom Stiegenhaus, nicht von einer Wohnung.

Gleich danach schnelle Schritte, die sich in meine Richtung bewegten.

Ich sprang hinter die Lifttür, die sich soeben geöffnet hatte, und sah eine Sekunde später einen maskierten Mann die Treppen hinunterstürzen.

Er hatte ein Messer in seiner Hand, die Klinge blitze im Sonnenlicht, welches durch die Fenster ins Stiegenhaus drang.

Sollte ich die Verfolgung aufnehmen?

Nein, es war zu gefährlich, ich wusste, dass ich zu viel herumschnüffelte. Und konnte mich durchaus in das Visier von jemandem bringen.

Ich stieg in den Lift und drückte auf Taste 26.

Im Lift ging ich das Erlebte nochmals durch, ich bildete mir einen Zusammenhang mit dem Auto ein, das mich verfolgte, als ich von Howards Ranch wegfuhr.

„Alles Hirngespinst", sagte ich laut zu mir.

Mit einem leichten Ruck blieb der Lift stehen und die Türe öffnete sich.

Als ich zu meiner Türe ging und den Schlüssel in das Schloss steckte, sprang die Türe von alleine auf.

Ich zog sofort meine Pistole und entsicherte sie.

Mit einem leisen Knarren öffnete ich die Türe und sah durch den Spalt in meine Wohnung.

Langsam setzte ich einen Fuß vor den anderen und versuchte so wenig Geräusche wie möglich zu machen.

Nachdem ich sicher war, dass sich zumindest im Vorzimmer keine Person aufhielt, ging ich leisen Schrittes in das Wohnzimmer.

Es war komplett verwüstet, die Vitrine war eingeschlagen und meine ganzen Akten lagen am Boden verstreut.

Die Fensterscheibe hatte einen Sprung von oben nach unten, die Balkontüre war aufgebrochen und lag inmitten der Scherben.

Ich versuchte einen Überblick über das Chaos zu finden, aber es war unmöglich.

Warum brach jemand in meine Wohnung ein?

Ich schaute mich um, ob etwas fehlte, konnte aber auf den ersten Blick nichts erkennen.

Ich versuchte das Durcheinander halbwegs zu beseitigen und eventuell einen Hinweis zu finden, was der Einbrecher bei mir suchte.

Ich hatte weder etwas wertvolles, noch irgendetwas, das für jemanden von Nutzen sein konnte.

Ob er sich an der Tür geirrt hatte?

Nein, das konnte ich mir auch nicht vorstellen, ich schnüffelte zu viel herum, und das passte jemanden nicht.

Ich bildete mir also nicht irgendeine Verschwörung ein, sondern war auf ein Pulverfass gestoßen und anscheinend war ich auf der richtigen Spur, obwohl ich noch keinerlei Anhaltspunkte hatte.

Ich war in meiner Wohnung nicht mehr sicher, soviel stand fest.

Aber wo sollte ich hin? Ich hatte keinen großen Bekanntenkreis, als Cop ist man ein Einzelgänger, man ist mit der Arbeit verheiratet.

Zu Howard konnte ich nicht, das wäre für ihn zu gefährlich.

Am sichersten wäre es, wenn ich in einem Hotel übernachten würde, aber es durfte nicht außerhalb der Stadt sein, ich musste sicher sein.

Ich packte das Notwendigste ein und fuhr den Highway in Richtung St. Helen.

Meine Gedanken konnten keinen klaren Fuß fassen, es war schwierig, sich aus all dem einen Reim zu machen.

Ich wusste nicht, was ich glauben sollte, wem war ich auf der Spur?

Higgins war meiner Meinung nach leicht manipulierbar und zu leicht zu durchschauen.

Falls er es war, der mich aus dem Weg räumen wollte, bin ich mir sicher, dass ich dies bemerkt hätte.

Howard Blake konnte es nicht gewesen sein, wenn er mich tot sehen wollte, hätte er keine Fehler begangen.

Es war nicht leicht, sich ein Bild zu machen, vor allem wusste ich nichts.

Als ich dachte, ich hätte des Rätsels Lösung in der Hand, musste ich feststellen, dass der Aktenschrank leer war.

Aber Higgins sagte zu einer Person, als ich bei ihm einbrach, laut und deutlich, dass man Alan ausschalten müsse.

Sie war der Schlüssel zu allem.

Wie sollte ich Alan finden, wenn ich selbst in Gefahr war?

„Verdammt", fluchte ich, als ich im Rückspiegel bemerkte, dass ich am Hotel vorbeigefahren bin.

Ich legte den Rückwärtsgang ein und fuhr die Strecke zurück.

„Es ist wohl besser, du parkst nicht am Parkplatz, sonst fallen wir noch auf."

Ich erschrak, als ich die Stimme hörte, und drückte die Bremse voll durch.

„Wer war das?" Mir fuhr der Schrecken bis in die Glieder.

Ich drehte mich um und auf meinem Rücksitz begann sich die Decke zu bewegen, die ich immer bei mir hatte, falls es mal kalt wurde, wenn ich jemanden observieren musste.

„Ich bin Alan" sagte die junge Frau und setze sich langsam auf.

Das Mondlicht schien nur spärlich in mein Auto und ich konnte ihr Gesicht nicht gut erkennen.

„Was zum Teufel haben Sie in meinem Auto verloren!?" Der Schreck saß noch immer tief und ich konnte nicht glauben, was gerade eben passierte.

„Was haben Sie in meinem Auto zu suchen!?" Ich schrie sie an, was mir aber sofort leidtat.

„Entschuldigen Sie bitte, aber es ist nicht gerade der beste Zeitpunkt, sich in meinem Auto zu verstecken. Ich wollte nicht laut werden, tut mir leid"

Sie sah mich verängstigt an.

„Wo sollte ich denn sonst hin?", stammelte sie. „Ich fühle mich nirgends sicher, und da Sie ja ein Cop sind, dachte ich..."

Weiter kam sie nicht mehr.

Sie begrub ihr Gesicht in ihren Händen und fing zu heulen an.

„Wo soll ich denn hin?", schluchzte sie.

„Schon gut, alles okay, bei mir sind Sie sicher" Ich log sie an, sie war bei mir nicht sicher, aber sie tat mir leid und ich wusste nicht, wie ich sie sonst trösten könnte.

„Wollen sie mit ins Hotel gehen? Sie können ja die eine Nacht das Zimmer mit mir teilen, das geht schon in Ordnung für mich."

Sie schaute mich an und wischte sich mit dem Handrücken die Tränen vom Gesicht.

„Aber nur wenn es keine Umstände macht." Sie war noch immer sehr verängstigt, da ich so laut gewesen war.

„Nein, nun kommen Sie schon, ich bin müde und habe einen anstrengenden Tag hinter mir. Ich möchte ins Bett."

Ich nahm meinen Koffer aus dem Wagen und wir gingen ins Hotel.

Ich checkte sicherheitshalber unter einem anderen Namen ein, um kein unnötiges Risiko einzugehen.

Als wir im Hotelzimmer ankamen und ich den Koffer neben die Lampe stellte, sah ich Alan das erste Mal im Licht.

Sie war wunderschön.

Ihre langen blonden Haare passten perfekt zu ihrem makellosen Gesicht.

Und ihre strahlend blauen Augen sahen mich flehend an.

Ich wusste nicht, was ich sagen sollte, ich war wie versteinert.

Sie durchbrach das Schweigen.

„Warum will man mich umbringen?"

Ihr Blick durchbohrte mich, als wüsste ich die Antwort.

„Ich weiß es nicht, Alan. Ich weiß nicht, was hier gespielt wird.

Ich weiß nur eines: Wir beide sind in Gefahr, Higgins steckt in irgendetwas drinnen, und ich habe eine Spur gefunden, soviel steht fest. Ich übernachte im Hotel, weil bei mir eingebrochen wurde, aber ich habe alles durchsucht, es wurde nichts mitgenommen."

Ich konnte meinen Blick von Alan nicht wenden, sie war so wunderschön.

„Soll ich auf der Couch schlafen?", fragte sie.

„Nein, ich schlafe auf der Couch, du schläfst im Bett, wir müssen morgen früh weg, wir dürfen keinen Verdacht erwecken."

„Okay, wie du meinst." Sie nahm ihre Sachen und ging ins Nebenzimmer, um sich schlafen zu legen.

Ich lag auf der Couch, die nicht gerade gemütlich war, und konnte nicht einschlafen.

Der heutige Tag ging mir durch den Kopf und ich wusste nicht, wie es weitergehen sollte.

Es kam alles so schnell und unerwartet, es fiel mir schwer das zu ordnen.

Ich kam mir vor, wie in einem schlechten Film, den man nicht anhalten konnte, wenn man möchte.

Ich setzte mich auf und schaute durch das Fenster auf den Innenhof des Hotels.

Die Beleuchtung der Reklametafel blitzte auf und färbte sich nach kurzer Zeit dunkelrot. Die Farbe leuchtete jedes Mal auf die Couch und wurde kurz danach wieder dunkel.

Das passierte alle drei Sekunden.

Ich stand auf und zog die Vorhänge zu, was aber wenig Wirkung zeigte.

Die Vorhänge färbten das Licht in ein grelles Pink, das den Raum noch mehr erhellte, als er schon war.

Ich versuchte mich wieder hinzulegen, um wenigstens etwas Schlaf zu finden.

Der Rücken schmerzte nach kurzer Zeit, da die Couch ziemlich hart gepolstert war.

Ich nahm den Polster, der in der Ecke lag, und drehte mich in die Ecke, um nicht ständig jedes Mal in die Höhe zu schrecken, wenn das Licht von der Tafel sich auf der Wand des Hotelzimmers widerspiegelte.

Kurz darauf schlief ich ein.

„Roomservice, Guten Morgen! Wollen Sie Ihr Frühstück aufs Zimmer bringen lassen?"

Ich wurde ziemlich unsanft geweckt.

„Nein, danke" murmelte ich.

Mein Rücken schmerzte und das zeigte mir, dass ich munter war und dass das, was gestern passiert war, eben kein schlechter Film gewesen war.

Ich lag also noch immer im Hotelzimmer und wusste nur, dass ich dringend eine Massage benötigte.

„Alan", schoss es mir durch den Kopf.

Ich sprang auf und ging ins Nebenzimmer, um nach ihr zu sehen.

Das Bett war leer.

„Verdammt" fluchte ich.

Alan war weg. Ich ging an die Rezeption und fragte nach, ob eine blonde Dame schon ausge-checkt hatte.

Die Rezeptionistin verneinte und sagte, es hätte noch keiner das Hotel verlassen heute.

Ich begab mich in den Frühstücksraum, um wenigstens eine Kleinigkeit zu essen und etwas Kaffee zu trinken.

Ich war von oben bis unten verspannt und mir schmerzten Muskel, von denen ich gar nicht wusste, dass sie existierten.

Alan war weg, soviel stand fest.

Sie fand mich, obwohl ich sie finden wollte, und sie verschwand genauso schnell wieder, wie sie aufgetaucht ist.

Ich trank meinen Kaffee, der nicht sonderlich gut war, und versuchte wenigstens eine Hälfte von dem Brot zu essen, das ich mir mit Marme-lade versüßt hatte.

Einen Hunger hatte ich nicht wirklich, ich machte mir Sorgen um Alan, sie war in großer Gefahr, und ich wollte nicht, dass ihr etwas zustößt.

Sie war der Schlüssel zu allem, nur wusste sie es noch nicht.

Ich ging wieder auf mein Zimmer, um meine Sachen zu packen und das Weite zu suchen.

Ich bezahlte an der Rezeption und fuhr ins Revier.

„Jake! Verdammt noch mal, wo warst du? Wir haben dich überall gesucht!" Higgins sah mich als erster.

„Komm sofort mit in mein Büro!"

Widerwillig folgte ich Higgins.

„Wie du aussiehst, Jake. Ungewaschen, unrasiert, was ist bloß los mit dir?"

Higgins schüttelte nur den Kopf, als er mich sah.

„Nichts ist los mit mir, ich habe in letzter Zeit nur sehr schlecht geschlafen"

Natürlich konnte ich ihm nicht sagen, was passiert war.

„Jake, geh nach Hause, leg dich hin, wasche dich mal ordentlich und versuche dein Leben in den Griff zu bekommen und komm erst dann wieder, wenn du wie ein normaler Mensch aussiehst. Ich schicke dich auf Urlaub"

Ich fasste es nicht, Higgins schickte mich auf Urlaub? Das war sehr eigenartig, ich wollte seit vier Jahren wenigstens eine Woche frei machen, und es war nie möglich gewesen.

Higgins sagte immer, dass Urlaub etwas für Pensionisten sei und nicht für Cops.

Und jetzt gab er mir Urlaub, solange ich wollte? Da stimmte etwas nicht.

Ich drehte mich um und ging.

„Du kommst erst wieder, wenn du denkst, dass du okay bist!", schrie er mir nach.

Er wollte mich definitiv von etwas fernhalten, soviel war sicher.

Mein Verdacht ihm gegenüber verhärtete sich.

So kannte ich ihn nicht, das war nicht der Higgins, den ich seit über zehn Jahren kannte.

Ich stieg ins Auto und fuhr los.

Ich musste zu Howard, vielleicht hatte er schon etwas herausgefunden.

Die Sonne brannte wie immer auf seine Ranch und ich wunderte mich jedes Mal, wie er es aushielt, stundenlang in der prallen Sonne zu sitzen und gemütlich an seiner Pfeife zu paffen.

„Howard! Wo bist du?!" Ich konnte ihn nicht finden.

„Howard! Howard!" Wo steckte er bloß?

„Ich bin hier im Stall, komm rüber!"

Er putzte gerade die Hufe seiner Pferde, als ich zu ihm kam.

„Was willst du?" Er dreht sich zu mir um.

„Higgins hat mich unbefristet beurlaubt, einfach so."

„Das dachte ich mir schon, dass es soweit kommen würde." Er schüttelte den Kopf dabei.

„Es ist etwas außer Kontrolle geraten, Higgins wird von Gorky erpresst.

Blake kam dank Gorky frei, der Ausbruch war inszeniert gewesen, um Alan zu töten.

Aber Alan ist nicht auffindbar und Gorky hat herausgefunden, dass Higgins ein Vermögen macht, indem er Prozesse von Ölfirmen manipuliert und dadurch Millionenklagen abwendet. Die Ölfirmen zapfen illegal die Quellen an und verdienen Milliarden dadurch. Gorky ist dahinter gekommen und erpresst Higgins.

Higgins beschaffte Gorky eine komplett neue Identität und löschte seine komplette Akte.

Im Gegenzug musste Gorky das Land verlassen, und durfte ihm nicht in die Quere kommen.

Das machte Gorky natürlich nicht und erpresste Higgins, indem er ihm drohte, an die Öffentlichkeit zu gehen.

Jetzt sucht Higgins überall nach Gorky, um ihm das Handwerk zu legen."

„Aber was hat das mit mir zu tun, How?" Ich verstand nicht ganz, worauf er hinauswollte.

„Jake, du bist der einzige, der das Zeug dazu hat, Gorky hinter Gitter zu bringen."

„Ja, da hast du recht How, aber warum schickt mich Higgins auf Urlaub?" Für mich ergab das keinen Sinn.

„Ganz einfach Jake, um in Ruhe nach Gorky zu suchen, du würdest ihm ja im Weg stehen."

Das leuchtete mir ein. Falls ich irgendetwas Verdächtiges finden würde, könnte Higgins ja denken, dass ich ihn damit erpressen wollte.

„Jake, pass auf dich auf, Gorky ist frei und ein Killer ohne Gewissen. Du hast ihn damals dingfest gemacht und er wird sich an dir rächen wollen."

Howard hatte recht, ich dachte an das gar nicht.

„Was ist mit Alan? Sie ist in genauso großer Gefahr." Ich machte mir um sie mehr Sorgen.
„Alan kann schon auf sich aufpassen, wenn die Zeit reif ist, wird sie herausfinden, warum sie die Schlüsselperson ist."
Howard wusste also, warum Alan so wichtig war?
„Jake, ich kann dir das Geheimnis nicht anvertrauen, es steht zu viel auf dem Spiel, du wirst es früh genug erfahren."
Ich verabschiedete mich von Howard und ging wieder zu meinem Auto.
Ich kannte Howard schon lange genug und wusste, wann es Zeit war, zu gehen.
Howard war immer schon ein Eigenbrötler, stets in sich gekehrt und unberechenbar.
Er erzählte nur, was er wollte und wann er es wollte.
Howard wusste über alles und jedem Bescheid, sagte aber nie woher er alles wusste. Er war ein lebendes Orakel.
Ich fuhr die Steppe entlang und wusste nicht so recht, was ich denken sollte.
Wenn ich Howard besuchte, dauerte es immer eine Weile, bis ich mich wieder gefasst hatte.
Es war schwierig, zu wissen, dass er eigentlich schon wusste, was gespielt wurde, mich aber gerade deshalb in Ungewissheit ließ.
Er wusste alles und sagte nichts.
Gedankenverloren fuhr ich Richtung Stadt, als ich zufällig im Rückspiegel ein dunkelblaues Auto sah.

Es war dasselbe wie beim letzten Mal, als ich von Howards Ranch heimfuhr.

Ich fuhr etwas langsamer, um es näher an mich herankommen zu lassen.

Ich hörte, wie der Motor aufheulte und es mich überholte.

Zu sehen, wer das Auto lenkte, war nicht möglich. Bei dem Versuch ein Gesicht zu erkennen, musste ich feststellen, dass die Scheiben getönt waren.

Ich merkte mir aber das Kennzeichen.

Ich kramte einen Zettel aus dem Handschuhfach und notierte mir das Kennzeichen.

Die Sonne brannte wie immer erbarmungslos vom Himmel herab.

Es war fast nicht möglich, auf dem Armaturenbrett die Nummer zu notieren, man verbrannte sich sofort.

Ich versuchte auf dem Lenkrad den Zettel zu halten, um die Nummer zu notieren.

Ich blickte kurz hoch und verriss im selben Augenblick das Lenkrad.

Für einen kurzen Augenblick sah ich das dunkelblaue Auto auf mich zukommen.

Ich machte eine Vollbremsung und schleuderte von der Fahrbahn in die Steppe.

Nachdem ich zum Stillstand gekommen war, drehte ich mich um, konnte aber nichts erkennen.

Ich rieb mir die Augen und starrte ins Leere.

Weder eine Staubwolke noch sonst irgendwas anderes war zu sehen.

Hatte ich mir das nur eingebildet?

Ich setzte mich also wieder ans Steuer und fuhr in meine Wohnung.

Ich versuchte, irgendetwas zu finden, um wenigstens eine Spur zu haben.

Ich hatte bis jetzt nur Informationen von Howard und wusste, dass er recht hatte, aber dennoch musste ich herausfinden, was hier gespielt wurde.

Seit ich Alan das erste Mal im Hotelzimmer sah, musste ich oft an sie denken.

Dieses perfekte Gesicht und ihre natürliche Ausstrahlung zogen mich in ihren Bann.

Ich wusste nicht, wo sie war, ich konnte nur hoffen, dass sie klug genug war, um unterzutauchen.

Tief im Gedanken versunken, riss mich die Türklingel aus meiner Gedankenwelt.

Ich hasste dieses schrille Geräusch der Glocke, es tat in den Ohren weh, und jedes Mal, wenn ich es hörte, fluchte ich mit mir , da ich schon wieder vergessen hatte, eine neue Klingel zu kaufen.

Ich ging zur Türe und sah durch den Spion. Es war Monica, meine Ex-Frau.

Sie schaffte es immer wieder, dann aufzutauchen, wenn es mir am wenigsten passte.

„Was willst du?" Ich ließ die Türe sicherheitshalber noch verriegelt.

„Ich habe keine Zeit. Monica sag mir, was du willst."

„Jake lass mich rein, es ist wichtig." Ihre Stimme klang besorgt, doch bei ihr war man sich nie sicher, ob sie es ernst meinte, oder ob sie wieder nur einen Vorwand brauchte, um mir zu sagen, wie schlecht ich sie behandelt hatte.
Ich öffnete die Türe und sie stolzierte ins Wohnzimmer.
„Die wird sich nie ändern …" murmelte ich.
„Hast du was gesagt. Jake?"
„Nein, nein, Monica, nicht so wichtig, ich habe nur laut gedacht."
„Was ist denn hier passiert?" Sie sah die Unordnung bei mir.
„Du warst immer schon ein Chaot, Jake, aber es wird immer schlimmer, kannst du nicht einmal eine Ordnung in deine Wohnung bringen? Musst du immer im Chaos leben?"
Ich bereute es jetzt schon, ihr überhaupt aufgemacht zu haben.
„Monica, was willst du? Ich habe keine Zeit für deine Launen."
„Na gut Jake, es ist mir ja egal wie du lebst, mich geht es ja nichts an, nicht mehr.
Higgins hat mich angerufen. Er hat dich auf Urlaub geschickt, da er meinte, du siehst schrecklich aus und ich solle dir Unterstützung geben, damit du wieder auf die Beine kommst. Und wie ich sehe, hat er recht."
„Sehr nett von dir, Monica, aber ich brauche keine Unterstützung. Danke sehr."
Was ich jetzt gar nicht brauchen konnte, war sie.

Monica war eine ständige Besserwisserin und hatte an allem und jedem was auszusetzen.
Sie war mir nicht im Geringsten eine Hilfe.
„Hör zu Monica, ich brauche keine Unterstützung von dir, aber trotzdem Danke"
Ich hoffte, sie würde bald gehen.
„Jake, wie du meinst. Ich wollte dir nur helfen, aber bitte, wenn du meine Hilfe nicht annimmst, kann ich auch nichts machen. Dann gehe ich eben wieder. Machs gut"
„Ja ja, du auch Monica, Danke, Ciao"
Natürlich ging sie beleidigt, es war auch nicht anders zu erwarten, aber ich kannte sie und wusste, dass sie nur so tat.
Es war ihr Stolz, sie konnte es nie begreifen, wenn man sie abgewiesen hat.
Nachdem ich auch dieses Problem gelöst hatte, beschloss ich ins Polizeirevier zu fahren, ich musste mehr über Alan herausfinden.
Mein größtes Problem war, Higgins nicht anzutreffen.
Also rief ich an und fragte nach ihm.
„Er ist nicht da, kommt erst morgen", war die mürrische Antwort eines Kollegen von mir.
Ich fuhr ins Revier, um mehr über Alan rauszufinden, Higgins war nicht im Büro, ich musste mir einen Vorwand suchen, falls mich wer fragte, was ich hier mache.
Es war nicht auszuschließen, dass Higgins die anderen darüber informierte, dass ich vom Dienst freigestellt wurde.

Ich durfte mich also gar nicht im Büro aufhalten.

Ich parkte vor dem Revier und versuchte mir eine gute Ausrede einfallen zu lassen, um ungestört Informationen über Alan zu finden.

„Hi, Jake! Was machst du denn hier? Ich dachte, Higgins hat dich auf Urlaub geschickt?"

„Hi, Frank. Ja, das hat er, ich bin nur hier um … Naja, ich glaube, ich habe meine Schlüssel bei Higgins im Büro vergessen, ist er da?" Eine blödere Ausrede hätte mir nicht einfallen können als diese, aber ich war nicht darauf vorbereitet, Frank anzutreffen.

Zumindest nicht schon vor dem Revier.

„Nein, Higgins ist mit seiner Familie beim Angeln. Er kommt erst wieder in ein paar Tagen." Frank schmunzelte und ging Richtung Coffeeshop.

„Sehr gut" dachte ich. Er ging gerade auf Pause, ich hatte also freies Spiel.

Frank war der zweite Chief-Officer und ein guter Freund von Higgins, ich konnte es nicht riskieren, von ihm erwischt zu werden.

Ob er mir das mit dem Schlüssel abgenommen hat, bezweifelte ich, andererseits, wenn er Zweifel hätte, würde er mich ins Büro begleiten.

Ich versuchte, nicht aufzufallen, was relativ einfach war, da es mindestens 200 Polizisten auf dem Revier gab und jeder in Hektik war.

Ich ging ins Büro von Higgins und drehte den Computer auf.

Sein Büro lag am anderen Ende des Korridors, es konnte also keiner sehen, was ich machte.
Sicherheitshalber ließ ich die Jalousien herunter und verschloss die Türe, um keine unerwarteten Gäste zu haben.
Ich tippte „Alan Wade" in den Computer und klickte auf den „Personen-Suchen"-Button.
Der Computer rechnete und das konnte eine Weile dauern.
Ich vertrieb mir die Zeit und kramte in den Schubladen von Higgins.
Außer ein paar alten Fotos konnte ich nichts Aufregendes finden.
Ich starrte also in den Bildschirm und versuchte die Namen zu zählen, die der Computer gerade durchging. Es war natürlich nicht möglich, da ja hundert innerhalb einer Sekunde kamen, aber es war ein lustiges Spielchen und außer zu warten, hatte ich ja nichts vor.
Plötzlich hörte ich Schritte, die immer näher kamen.
Ein Schlüsselbund klirrte, ich hörte, wie jemand den Schlüssel in das Schloss steckte.
Ich drehte schnell den Monitor ab und versteckte mich.
Mit einem Ruck ging die Türe auf und ich sah, wie Frank ins Büro kam.
„Seltsam ..." murmelte er, „... ich habe das Licht ja abgedreht, bevor ich gegangen bin"
Frank stand genau unter mir. Ich versuchte so leise wie möglich zu atmen, um kein Geräusch zu machen.

Es war ziemlich schwierig, da ich mich mit beiden Beinen zwischen den Türstock verspreizte und es nicht gerade angenehm war, in dieser Position zu bleiben.

Ich versuchte meinen Schmerz zu unterdrücken und dachte nur daran, unter keinen Umständen aufzufallen.

Frank drehte das Licht ab, murmelte irgendetwas und ging aus dem Büro.

Ich ließ mich langsam den Türstock hinuntergleiten und spähte um die Ecke.

Frank war nicht mehr zu sehen und in Higgins Büro fand sich nichts Brauchbares.

Also entschloss ich mich, zu verschwinden, es war so schon brenzlig genug, ich hatte Glück, dass Frank mich nicht gesehen hatte.

Der beste Weg war es, einfach durch den Hinterausgang zu gehen, da er in eine kleine Seitengasse führte und ich nicht in Gefahr lief, gesehen zu werden.

Es war leichter als ich dachte, ich kletterte die Feuerleiter hinab, stieg ins Auto und fuhr los.

Ich fuhr in meine Wohnung, da ich nicht die leiseste Ahnung hatte, was ich machen sollte.

Ich bekam immer mehr den Eindruck, dass ich mir alles nur einbildete, es war vielleicht alles nur ein reiner Zufall, was mir passierte.

Es wäre nicht das erste Mal, dass in dem Block, in welchem ich wohnte, eingebrochen würde.

Und der Einbrecher hatte ja gar nichts mitgenommen, war also durchaus möglich, dass er es nur auf Wertsachen abgesehen hatte. Und davon hatte ich keine.

Ich parkte den Wagen und fuhr mit dem Lift in meine Wohnung.

Als ich die Türe öffnete, fand ich einen Zettel.

„Komm um 20 Uhr ins Hotel, du weißt wohin, ich warte im Zimmer 1408 auf dich"

Ich las mir den Zettel dreimal durch, wusste aber nicht, welches Hotel gemeint war.

Wer konnte mir so etwas schreiben?

Vielleicht war es eine Falle und ich sollte darauf reinfallen.

Es war jetzt 15 Uhr, ich hatte also noch Zeit, um zu überlegen, was ich machen sollte.

Ich versuchte mich abzulenken, indem ich das Chaos beseitigte.

Es lagen noch immer alle Zettel am Boden und ich musste früher oder später wieder Ordnung schaffen.

Ich legte alles in eigene Mappen, um einen besseren Überblick zu bekommen.

Es war gar nicht so einfach, die ganzen Blätter zu sortieren, der Einbrecher hatte sich alle Mühe gegeben, meine Wohnung zu verunstalten.

Ich legte also den ganzen Stapel Papier auf einen Stoß und wollte ihn gerade in die Mappe geben, als das Telefon läutete.

Ich erschrak und der ganze Stapel Papier verteilte sich auf dem Boden.

„Verdammt!" fluchte ich. Ich rannte zum Telefon „Hallo?" Es antwortete keiner.

„Hallo, wer ist da?" Der Anrufer legte auf. Eigenartig fand ich es schon, aber wahrscheinlich wird sich jemand verwählt haben.

Ich ging ins Wohnzimmer zurück, um von neuem den Stapel Papier zu sortieren.

Da sah ich zufällig eine Rechnung, die sich zwischen den anderen befand.

Unten stand „Westroad Hotel"

„Natürlich!" schoss es mir durch den Kopf, „das Westroad Hotel!" Ich war dort mit Alan gewesen.

Jetzt fiel es mir wieder ein. Es konnte nur Alan sein, die mir den Brief geschickt hatte. Sie hatte sich ja bei mir im Auto versteckt und wir übernachteten im Westroad Hotel.

Ich sah auf die Uhr. Es war dreißig Minuten vor 20 Uhr. Ich hatte also noch eine halbe Stunde Zeit, um ins Hotel zu fahren. Es wurde zwar knapp, konnte sich aber ausgehen, da um diese Uhrzeit nicht soviel Verkehr auf den Straßen war.

Ich stolperte die Türe hinaus, rannte zum Lift und drückte auf den Aufzugsknopf.

Ich hörte, wie sich die schwere Eisentür vom Lift schloss und er sich langsam in Bewegung setzte.

„Ach was, wenn ich zu Fuß gehe, bin ich ja sicher schneller" dachte ich mir.

Also rannte ich so schnell ich konnte die Treppen hinunter, wobei meine Füße schneller als mein Oberkörper waren. Ich wurde unsanft von dem Treppengeländer gebremst.

Die Konstrukteure dieser Treppe sind sicher noch nie mit voller Wucht auf solches gestürzt. Wenn sie es taten, bin ich mir sicher, dass sie es nicht aus Eisen gebaut hätten.

Endlich unten angekommen, rannte ich in die Tiefgarage.

Auf dem Weg zu meinem Auto kramte ich schon in der Hosentasche, um den Schlüssel gleich parat zu haben, wenn ich da war.

Ich suchte und suchte, kramte in der anderen Tasche, konnte aber auch nichts finden.

„Verdammt, ich habe den Schlüssel oben liegen gelassen."

Ich stoppte, drehte mich um 180 Grad und rannte blindlings an die Wand, die sich im Dunkeln versteckte.

„Autsch!" Das tat weh.

Nachdem ich mich so halbwegs erholt hatte und fast schon wieder gerade gehen konnte, sputete ich die Treppen wieder hinauf, um meinen Autoschlüssel zu holen.

An meiner Türe angelangt, hatte ich das nächste Problem.

Ich hatte keine Eingangsschlüssel, da ja der gesamte Schlüsselbund in meiner Wohnung lag, und auf diesem Schlüsselbund war auch der Wohnungsschlüssel.

Ich kramte in meiner Hosentaschen und hatte Glück. Ich fand eine Büroklammer, die ich immer für solche Fälle eingesteckt hatte.

Ich bog mir den Draht so zurecht, dass ich damit den Zylinder des Schlosses umdrehen konnte.

Als Cop war das eine Kleinigkeit für mich.

Als die Türe aufsprang, rannte ich ins Wohnzimmer, wo mein Schlüsselbund lag.

Ich griff ihn mir, rannte wieder die Treppen hinunter in die Tiefgarage, sprang in mein Auto und fuhr los.

Piep. Piep. Piep. Die Reservelampe leuchtete auf. Auch das noch, ich musste tanken.

Was den Umstand noch erschwerte, war die Tatsache, dass ich kein Bargeld bei mir hatte. Mir blieb nichts anderes übrig als zu improvisieren.

Ich fuhr also zur nächsten Tankstelle, tankte eine kleine Menge Sprit, lief in voller Hektik zur Kasse, zog meine Dienstmarke, hielt sie der Verkäuferin unter die Nase und sagte in einem aufgeregten Tonfall: „Diensteinsatz, ich jage einen Verbrecher, schicken Sie die Rechnung and diese Adresse.

Sie erschrak und wusste nicht so recht, ob sie das glauben sollte, was sie gerade gehört hatte. Um ihr nicht noch mehr Zeit zu geben, ob es stimmen könnte oder nicht, unterbrach ich ihren Gedankengang und sagte: „Schnell, schreiben Sie die Adresse und meine Dienstnummer auf und schicken Sie die Rechnung an das Department!"

Sie notierte meine Dienstnummer und murmelte nur etwas, was wie ein okay klang.

Ich sprintete also zum Wagen und fuhr mit quietschenden Reifen davon.

Mein Blick auf die Uhr sagte mir, dass ich noch neun Minuten hatte, um die Zeit einzuhalten.

Es wurde verdammt knapp, aber es musste sich ausgehen.

Es war gefährlich, Alan alleine warten zu lassen. Das Risiko war so schon nicht gerade gering. Ich schlängelte mich bei jeder Ampel vor ein Auto, fuhr bei Rot über die Kreuzung und hielt auch nicht viel von Verkehrsregeln.

Ich kam also rechtzeitig an.

Am Hotelparkplatz angekommen, schaute ich mich um, konnte aber Alan nicht finden.

Vielleicht war sie noch nicht da?

Als ich mich umdrehte, stand eine Frau mit schwarzen Haaren und Sonnenbrille vor mir.

„Jake, ich bin es. Kennst du mich nicht mehr?"

Ich kannte sie im ersten Moment nicht, da sie ja auf einmal schwarze Haare hatte.

Der Anblick war etwas ungewohnt, aber nicht negativ.

Ihr Gesicht war wunderschön, und als sie mich anlächelte, erkannte ich sofort ihr Lächeln wieder.

„Wo warst du, Alan?"

„Ich musste untertauchen, es ging nicht anders."

Sie sah verschämt auf den Boden und als sie ihre Augen vom oberen Rand der Sonnenbrille zu mir wendete, und mich anlächelte, so als müsste sie sich entschuldigen dafür, musste ich lachen.

„Ist schon okay", sagte ich. Und das war es auch. Ich konnte aber nicht abstreiten, dass ich mich um sie sorgte.

„Jake?" Alan riss mich aus meinen Gedanken.

„Ja Alan, was gibt es?" Sie schaute mich besorgt an.

„Ich fürchte wir können uns eine Weile nicht sehen, es ist einfach zu gefährlich. Ich weiß zwar nicht, warum man mir nachspioniert, aber ich habe das ständige Gefühl, ich werde überwacht, daher auch meine Verkleidung, ich drehe mich alle zehn Meter um und fürchte um mein Leben. Ich muss untertauchen Jake, ich muss Abstand gewinnen, ich will wissen, warum man es auf mich abgesehen hat."

Ich war derselben Meinung wie Alan, aber wollte es nicht wahrhaben. Natürlich stimmte es, was sie sagte, aber dieses perfekte Gesicht, dieses Lächeln, diese wunderschönen Augen zogen mich immer mehr in ihren Bann.

„Du hast Recht Alan, es ist besser wenn wir eine Zeit lang getrennte Wege gehen. Ich werde schon noch herausfinden, was in dieser Stadt schiefläuft.

Kaum hatte ich den Satz beendet, hörte ich ein Quietschen von Autoreifen, und als ich mich umdrehte, sah ich ein blaues Auto, das mit aufheulendem Motor und qualmenden Reifen davonbrauste.

Es war dasselbe blaue Auto, das mich verfolgt hatte, als ich von Howards Ranch in Richtung Stadt fuhr. Dessen war ich mir sicher. Die Luft stank nach verbranntem Gummi, und ich musste husten, als sich der Staub den Weg in meine Lungen bahnte.

Als ich mich umdrehte, um Alan noch einmal zu sehen, war sie weg.

„Wie beim letzten Mal", dachte ich mir, „genauso wie beim letzten Mal."

Es tat weh, sie einfach gehen zu lassen, aber es war die sicherste Lösung für uns beide.

Ich starrte noch eine Zeitlang auf die Straße und meine Gedanken verloren sich in den Luftspiegelungen, die durch die brennende Sonne auf der Straße verursacht wurden.

Das Kreischen eines Geiers brachte mich wieder in die Realität zurück.

Nachdem ich mich gesammelt hatte, ging ich zu meinem Auto und fuhr Richtung Dunken City.

Die Sonne verschwand schon langsam hinter den Hügeln und färbte die Landschaft glutrot, was mich dazu inspirierte, wieder mal meine Gedanken schweifen zu lassen.

Da mir zu viel durch den Kopf schwirrte, beschloss ich, meine Lieblingsbar aufzusuchen, sie war nicht weit entfernt von dem Hotel und lag ca. 15 Meilen von der Stadt entfernt auf einer kleinen Anhöhe.

Es war ein ziemlich heruntergekommener Schuppen und eigentlich für Trucker gedacht, die Richtung Westen fuhren.

Aber genau dieses Flair der Bar war das gemütliche daran, man war so herrlich anonym.

Ich stellte meinen Wagen auf dem Parkplatz ab und ging hinein.

Es stank nach altem ranzigem Fett, und die Luft war so verqualmt, dass man sich schwer tat, den Weg zur Bar zu finden.

Da ich ja schon zig Mal dort war, kannte ich den Weg ja schon und nach etwa fünf Minuten merkte man von allem dem auch nichts mehr.

„Peter, einen doppelten Scotch bitte!" Peter war der Besitzer dieses Schuppens, ein bärtiger, um die 60 Jahre alter Mann, der sicher an die 150 Kilo wog und seit dem Tag, an dem ich ihn kannte, ständig das gleiche Gewand trug. Nämlich eine alte Lederjacke, die schon von alleine stand und eine Lederhose, die schon so abgewetzt war, dass es unmöglich zu erraten wäre, welche Farbe sie mal gehabt haben muss.

Peter stellte mir den Scotch hin und lächelte süffisant.

„Jake, was treibt dich denn hierher? Ich habe dich ja schon Ewigkeiten nicht mehr gesehen."

„Ich war gerade in der Gegend und dachte mir, ich komm dich mal besuchen". Erwiderte ich.

Ich kannte Peter schon von Kindheit an. Er war immer schon ein Raufbold und ein Trunkenbold gewesen, war im Prinzip aber ein sehr gutmütiger Mensch.

„Jake, hast du es schon gehört? Howard Blake ist angeblich in der Stadt, er soll in einem Hotel untergetaucht sein. Als die Polizei das Hotel umstellte, war er schon weg."

„Was, Blake, ist in der Stadt?" Ich konnte es nicht glauben. Es gab nur ein Hotel in Woodland, und wenn das stimmen sollte, was Peter gesagt hatte, dann wären Alan und ich jetzt nicht mehr am Leben.

Ich musste nachhaken. „Peter, woher weißt du das?", fragte ich ihn.

„Higgins war vor zwei Tagen bei mir und erzählte es mir, ist sicher schon zehn Jahre her, dass er meinen Schuppen besucht hat. Er war schon ziemlich angetrunken, als er reinkam, und mein Whiskey tat sein übriges.

Dürfte einen schlechten Tag gehabt haben, so wie er sich volllaufen ließ.

Er erzählte mir, dass er einen Tipp bekommen hatte, und als seine Männer zu dem Hotel kamen, war Blake schon wieder verschwunden.

Er entkam über die Feuerleiter auf der Rückseite."

Blake wäre viel zu gewitzt, um auf solch plumpe Weise der Polizei zu entkommen.

Es war auch nicht sein Stil, einfach abzuhauen.

Blake liebte es, mit der Polizei zu spielen, er wartete oft bis zur letzten Sekunde, um sich danach aus dem Staub zu machen.

Er war ein Meister der Tarnung, was er ja bewiesen hatte, als er aus dem Gefängnis ausgebrochen ist, obwohl ich mir sicher bin, dass Higgins da seine Hände im Spiel hatte, was mir ja Howard auch bestätigte.

Wie dem auch sei, Blake war in der Stadt und das war kein Zufall, ganz sicher nicht.

„Peter? Hat Higgins sonst noch etwas erzählt?",
fragte ich ihn. Peter war kein sehr geselliger
Typ, er war eher ein zurückgezogener Raufbold, der nie Eltern hatte und in Kinderheimen
aufgewachsen ist.
Ich musste die Chance nutzen, um mehr in Erfahrung zu bringen.
„Naja Jake, nachdem ich Higgins meinen
Whiskey hinstellte und er ihn auf einmal leerte,
war nicht mehr viel mit ihm anzufangen.
Er murmelte nur noch ein paar Mal etwas, was
irgendwie klang wie „Soweit hätte es nicht
kommen dürfen, wenn ich das gewusst hätte"
oder so ähnlich, wie gesagt Jake, nach dem
Whiskey lag er dann mit dem Gesicht auf der
Bar und ich hörte ihn nur noch murmeln.
Ich musste einen Streit schlichten, und als ich
dann wieder zur Bar kam, da war Higgins schon
weg.
Irgendwer wird ihn heimgebracht haben, er
konnte ja nicht mal mehr aufstehen.
Schon ein eigenartiger Vogel, dieser Higgins,
da kommt er fast zehn Jahre nicht einmal in
meine Bar, und dann lässt er sich volllaufen bis
zum Umfallen.
Noch einen letzten Drink, Jake? Ich sperre jetzt
zu."
Ich schaute auf die Uhr und dann zum Fenster
hinaus. Es war bereits fünf Uhr morgens und
die ersten Sonnenstrahlen kitzelten die Bergspitzen.

„Nein danke Peter, ich fahre heim, hab ganz die Zeit vergessen.“

Die letzten Stunden vergingen wie im Flug, ich dachte nicht, dass es schon so spät war. Ich legte Peter das Geld auf den Tresen, und ging zu meinem Auto.

Higgins sagte etwas wie „Soweit hätte es nicht kommen dürfen.“

Was meinte er damit?

War es Blake, den er nicht mehr kontrollieren konnte, oder war es etwas Anderes?

Diese Aussage könnte man auf vieles beziehen, vielleicht war es irgendetwas Privates.

Es fing leicht zu regnen an, als ich mich ins Auto setzte.

Das Wetter spiegelte meine Stimmung wieder, ich war in letzter Zeit nicht gerade ein sehr lebensfroher Mensch.

Ich hatte das Gefühl, dass mein Leben nicht so verlief, wie ich es wollte.

Und ich musste ständig an Alan denken, das erschwerte mir die Sache ungemein.

Als ich zurück in meine Wohnung fuhr, zählte ich im Gedanken versunken die Laternen am Straßenrand. Ich war mir mittlerweile nicht mehr sicher, ob es nicht besser wäre, das ganze einfach so zu lassen, wie es ist.

Vielleicht war es einfach nur Zufall, dass man in meine Wohnung einbrach.

Mir wurde nichts gestohlen, und in der Gegend wurde öfters eingebrochen.

Zuviel wissen schafft Feinde, sagte Howard immer und ich musste ihm auch diesmal recht geben.

Wenn ich mich nicht eingemischt hätte, und einfach meinen Job als Cop gemacht hätte, dann wäre ich nicht suspendiert geworden.
Und ich hätte Alan nicht kennengelernt.
Es vergingen keine zehn Minuten, in denen ich nicht an sie dachte.
Ständig hatte ich ihr Bild im Kopf, und gerade das gab mir den Antrieb weiterzumachen.
„Tüüüüt!" Erschrocken stieg ich auf die Bremse, ich war so im Gedanken vertieft, dass ich gar nicht merkte, wie die Ampel auf Rot umschaltete.
Ich stand mitten in der Kreuzung und konnte weder vor noch zurück.
Mir blieb also nichts anderes übrig, als auszusteigen und meine Dienstmarke in die Höhe zu halten.
Ich konnte nur hoffen die Autos blieben rechtzeitig stehen, wenn sie meine Marke sahen.
Ich hatte Glück, keines krachte in ein anderes, und alle blieben so stehen, dass es mir möglich war, die Kreuzung ungehindert zu verlassen.
Ich bog rechts ein, um mein Auto in der Tiefgarage zu parken.
Die Einfahrt war ziemlich schmal gebaut, ich schaffte es jedes Mal aufs Neue, den Schranken um ein paar Zentimeter nicht zu streifen.

Als ich vor dem Schranken stehenblieb, um
meinen Schlüssel hineinzustecken der ihn öffnete, dachte ich für einen kurzen Moment, das
blaue Auto zu erkennen, das mich schon ein
paar Mal verfolgt hatte.
„Wahrscheinlich wieder nur eine Einbildung",
dachte ich.
So schnell der Gedanke daran kam, war er auch
schon wieder weg.
Der Schranken öffnete sich und ich fuhr in die
Tiefgarage.
Ich musste zwei Decks hinunter, um zu meinem
Parkplatz zu kommen.
Es war nicht leicht, in Dunken City einen Parkplatz unmittelbar in der Nähe einer Wohnung
zu bekommen.
Umso mehr hatte ich das Glück, einen eigenen
zu haben.
Ich schlängelte mein Auto die Abfahrtsrampe
hinunter, sie war - wie alles in der Stadt - ziem-
lich schmal gebaut, und es war nicht so einfach,
ohne Schaden hinunterzukommen.
Aber mit einiger Übung schaffte ich auch das.
Ich bog scharf nach links, um mein Auto zu
dem Parkplatz zu bringen.
Plötzlich leuchteten zwei Scheinwerfer auf.
Ich schloss reflexartig die Augen, da sie mir
genau ins Gesicht schienen.
Gleich darauf hörte ich die Reifen quietschen,
durch den Hall in der Tiefgarage war das Geräusch um einiges lauter als draußen.

Der Motor heulte laut auf, und ich versuchte, die Augen zu öffnen.

Ich hatte mich vorhin nicht getäuscht, ich konnte das blaue Auto erkennen, welches unmittelbar auf mich zuraste.

Der Abstand betrug vielleicht noch 30 Meter, aber ich wusste nicht, was ich in dem Moment machen sollte.

Das einzige, auf das ich mich konzentrierte, waren diese Scheinwerfer, die immer näher kamen.

Ich war wie gelähmt, unfähig meinen Körper zu bewegen.

„Ich muss raus", schoss es mir durch den Kopf. Aber es ging nicht, ich konnte nicht reagieren. Und genau das rettete mir das Leben.

Ich blieb starr vor Schreck auf dem Sitz und sah, wie das Auto an mir vorbeiraste.

Es musste kurz vor der Rampe stark abbremsen, um die Auffahrt zu erwischen, schaffte es aber gerade noch.

Ich hörte das Blech an der Wand scheren, der Fahrer war eindeutig zu schnell unterwegs.

Instinktiv konnte ich mich wieder fassen und drehte sofort den Zündschlüssel um.

Ich legte den Rückwärtsgang ein und trat das Gaspedal bis zum Anschlag durch.

Es wäre sicher einfacher gewesen, mich umzudrehen und dann vorwärts die Verfolgung aufzunehmen, ich war mir aber sicher, wenn ich das gemacht hätte, könnte ich den Wagen nicht mehr einholen.

Es war fast nicht möglich eine gerade Linie rückwärts zu fahren, aber ich hatte darin ja schon Übung, da es ja als Cop nicht meine erste Verfolgung war.

Trotzdem fiel es mir nicht einfach, den Wagen halbwegs stabil zu halten.

Ich versuchte den richtigen Winkel zu wählen, um rückwärts die Auffahrt zu erwischen.

Ich verpasste sie knapp und touchierte mit der Stoßstange die Betonwand der Rampe.

Ich hörte das Glas splittern, und spürte den Aufprall, der unweigerlich dazu führte, dass ich ruckartig stehen blieb.

Sofort legte ich den Vorwärtsgang ein, um mir ein paar Meter Platz zu beschaffen, und beim Rücksetzen schaffte ich es tatsächlich, ohne Berührung die Rampe zu befahren.

Als ich oben ankam, sah ich gerade noch die Lichter des blauen Autos, das mit einer halsbrecherischen Geschwindigkeit auf den Schranken zuraste.

Ich drehte mein Lenkrad um 180 Grad und schleuderte mich dadurch in eine gerade Position.

Der blaue Wagen war direkt vor mir, und da er ja beim Schranken halten musste, war ich mir sicher, ihn spätestens dort eingeholt zu haben.

Ich gab Vollgas, aber der Vordermann dachte nicht daran, auch nur ein bisschen seine Fahrt zu verlangsamen.

Im Gegenteil, in Richtung Schranken wurde er immer schneller und dort angekommen heulte der Motor noch einmal auf, um mit unverminderter Geschwindigkeit den Schranken zu durchbrechen.

Ich jagte ihm nach, musste aber bald feststellen, dass sein Auto etwas mehr PS unter der Haube hatte als ich.

Es hatte keinen Sinn, ihm nachzujagen, ich brachte mich dadurch unnötig in Gefahr.

Ich versuchte mir das Nummernschild zu merken, was aber gar nicht so leicht war, da das Blech so verbeult war, das es unmöglich war, auch nur eine Zahl zu erkennen.

Ich sah den blauen Mustang mit einem lauten Quietschen die nächste Gasse einbiegen.

Auch das Gesicht des Fahrers konnte ich mir nicht merken, die Scheiben waren verdunkelt.

Ich parkte mein Auto auf der Rückseite des Hauses, um vor Überraschungen sicher zu sein.

Auf dem Weg in meine Wohnung hatte ich kurz das Gefühl, einen Zusammenhang zu allem zu finden, aber das war nur eine Einbildung.

In meiner Wohnung angekommen, schenkte ich mir einen doppelten Scotch ein, um das ganze zu verdauen.

Kaum erholte ich mich halbwegs von meinem Schock, klingelte es an der Tür.

„Jake, mach auf, ich weiß, dass du da bist!"

Na toll, warum schaffte es Monica jedes Mal aufs Neue zum unpassendsten Zeitpunkt aufzutauchen?

„Was willst du, Monica?" Ich war nicht gerade sehr erfreut über ihren Besuch.

„Oh mein Gott! Jake, wie siehst du denn aus? Hast du was getrunken? Du stinkst!"

„Monica, was willst du?" Ich wurde schon langsam ungeduldig.

„Higgins hat mich angerufen, er versucht schon seit gestern dich zu erreichen, du bist wieder im Dienst, die Suspendierung ist aufgehoben."

„Was?" Ich konnte es nicht glauben. „Higgins hat dich angerufen und dir das gesagt?"

„Ja Jake, er konnte dich nicht erreichen, aber es wundert mich ja gar nicht. Wenn du nur dasitzt und dir Alkohol reinschüttest, kann er dich ja nicht erreichen."

„Ja, schon gut, Monica. Ich werde gleich morgen früh zu ihm ins Büro fahren. Und jetzt lass mich bitte alleine, ich hatte einen anstrengenden Tag."

„Natürlich, Jake, das verstehe ich. Schönen Gruß an Mr. Scotch!"

Ich schloss die Türe hinter Monica und setzte mich auf die Couch.

Warum müssen Ex-Frauen immer so anstrengend sein?

Ich schenkte mir noch nach und schlief ein.

Am nächsten Morgen fuhr ich zu Higgins ins Büro.

Ich wollte mich vergewissern, ob es stimmte, was Monica gestern erzählt hatte.

Ich parkte mein Auto direkt vor dem Eingang und ging ins Büro.

Higgins saß in seinem Bürostuhl und telefonierte. Ich konnte nicht hören, was er sprach, aber er fuchtelte wie wild mit seinen Händen, sprang vom Sessel auf, ging ein paar Schritte und setzte sich dann wieder hin.

Das ganze ging sicher so drei oder vier Mal, bis er mich dann sah.

Er sprach noch ein paar Worte, legte auf und winkte mich zu sich.

„Jake, alter Freund, wie geht es dir? Hat es dir Monica gesagt? Ich habe versucht dich anzurufen, aber ich konnte dich nicht erreichen. Jake, es geht um folgendes: Angelo ist ermordet worden, und zwar gestern.

Er wurde erschossen. Wir wissen nicht, wer es war, aber ich vermute, es hat etwas mit Gorky zu tun. So eine Art Racheakt wegen damals.

Ich kann es immer noch nicht fassen, ich kannte Angelo zwar kaum, aber trotzdem war er ein Kollege, und ermordet zu werden, das hat keiner verdient.

„Wie wurde er ermordet?", fragte ich.

„Er wurde erschossen, als er im Auto saß und auf seine Frau wartete.

Ein Auto fuhr neben ihm und streckte ihn mit einem gezielten Kopfschuss nieder.

Es gibt keinen Zeugen, nur ein Penner am Straßenrand sagte zu dem Polizisten, er hätte ein blaues Auto davonfahren sehen."

Mir lief es kalt über den Rücken.

„Ein blaues Auto? Wer hat das gesehen?" Ich musste nachhaken.

„Jake, es war ein Penner, dem kann man keine Beachtung schenken. Ich möchte, dass du der

Sache nachgehst, darum habe ich dich wieder in den Dienst gestellt."

Ich sollte der Sache nachgehen? Das fand ich etwas eigenartig, aber vielleicht wollte Higgins einfach nur ablenken, ich war mir nicht sicher, aber ich fand es eigenartig, dass er gerade mich auf diese Sache ansetzte.

„Okay Chief, ich gehe der Sache auf den Grund."

Natürlich wusste ich nicht wie, ich wusste es von Anfang an nicht, ich hatte keine Ahnung, was hier gespielt wurde.

Ich dachte die ganze Zeit, dass Higgins in dem Fall verwickelt sei, aber anscheinend war dem doch nicht so.

Als ich bei ihm in der Villa einbrach, konnte ich auch keinerlei Beweise finden, bis auf das, dass Higgins sagte, Alan müsse gefunden werden.

Es wurde ja gemunkelt, dass seine Frau im Swimmingpool nicht absichtlich ertrunken sei, aber dies ist alles nur auf Spekulationen zurückzuführen. Ich verstand jetzt noch weniger wie am Anfang.

Ich bekam meine Waffe wieder und meinen Schreibtisch.

So ganz wohl war mir nicht bei der Sache, da ich ja eigentlich nicht einmal wusste, womit ich anfangen solle.

Nachdem ich bis zum späten Nachmittag rein gar nichts gemacht habe, fuhr ich also wieder zu mir heim.

Kaum daheim angekommen, läutete auch schon das Telefon.

Ich ahnte schon, wer es war.

„Jake, warst du im Dienst heute? Ich habe versucht dich anzurufen, aber du gehst ja nie ran. Hast du dein Telefon immer abgedreht?"

„Monica, wenn ich im Dienst bin, schalte ich das Telefon immer ab."

Mir war es ein Rätsel, warum sie mich immer wie ein kleines Kind behandelte.

Obwohl, eigentlich war es mir mehr ein Rätsel, warum ich mich so behandeln ließ.

„Was willst du, Monica?"

„Hast du die Nachrichten nicht gesehen? Es war überall in der Zeitung, sie haben Angelo ermordet."

„Monica, ich bin Polizist, natürlich weiß ich es, Higgins hat es mir in der Früh gesagt."

„Ja schon Jake, aber hat er dir auch gesagt, dass sie das Auto gefunden haben, welches Angelo gestern Nacht verfolgt hat?"

„Nein, davon weiß ich nichts, er hat nichts dergleichen erwähnt."

„Siehst du Jake, weil es gerade in den Nachrichten war. Ich bin mir sicher, sie werden es später noch einmal bringen.

Das wollte ich dir nur sagen. Gute Nacht."

Ich verstand das nicht, einen Tag später fanden sie auf einmal den Wagen, aus dem die Schüsse gefallen waren?

Ich war mir ziemlich sicher, dass es derselbe Wagen war, dem ich gerade noch in der Tiefgarage entkommen konnte. Aber da ich ja jetzt offiziell wieder im Dienst bin, könnte ich den Lack des Wagens ins Labor bringen, um was herauszufinden.

Ich schlief ziemlich unruhig und träumte schlecht, ich konnte mich zwar nicht erinnern, was ich geträumt hatte, aber es war auf jeden Fall kein schöner Traum. Mir taten alle Knochen weh, und die Federn der Couch taten ihr übriges dazu.

Ich fuhr also zum Revier, um den Lack analysieren zu lassen.

Es waren nur ganz kleine Spuren, aber diese reichten, um genau feststellen zu können, welches Baujahr der Wagen hatte und wo er hergestellt wurde.

Ich ging gerade die Stiegen hinauf, um zum Labor zu gelangen, als ich zusammenzuckte und vor Schreck das Glas fallen ließ, indem sich die Spuren des Lacks befanden.

„Jake, seit wann so schreckhaft?"

Es war Frank, der mich heute das erste Mal wieder sah und mir von hinten heftig auf die Schulter klopfte.

Er konnte sich das Lachen nicht verkneifen, als er sah, dass ich wegen ihm das Glas fallen ließ, das ich ins Labor bringen wollte.

„Hey, alter Kumpel! Schlecht geschlafen oder mich nicht erkannt? Habe ich mich so verändert, dass man sich bei meinem Anblick so erschreckt?"

Er lachte schallend, was ich nicht sehr lustig
fand, da gerade ein wichtiges Beweismittel
vernichtet worden war.

Ich drehte also zerknirscht um und fuhr wieder
heim.

Ich hatte heute keine Lust zu arbeiten, Higgins
hatte mir zwar ein paar Akten auf den Tisch
hingelegt, aber den Papierkram konnte ich ein
anderes Mal auch noch machen.

Ich fuhr zur Howard, dort konnte ich etwas
Abstand gewinnen, es wäre sicher besser für
mich, einmal abzuschalten.

Ich liebte die Ranch von ihm, sie war riesig und
unüberschaubar, man hatte dort das Gefühl,
dass die Zeit stehen blieb, und genau das ließ
mich Energie tanken.

Ich parkte meinen Wagen vor der Ranch und
suchte Howard, was ja jedes Mal eine Heraus-
forderung war, da sein Anwesen riesig war.

Aber meistens fand man ihn im Stall, wo er die
Pferde pflegte, und ich versuchte auch jetzt
mein Glück dort, wurde aber nicht fündig.

Dann konnte er nur bei den Kühen sein.

Ich sah dort nach und fand ihn am Boden lie-
gend mit schmerzverzerrtem Gesicht.

„Howie, was ist los?"

Er brachte kein Wort heraus, so sehr er sich
auch bemühte.

Ich legte seine Hand um meine Schulter und
half ihm auf. Wir setzten uns auf die Bank, die
gleich neben dem Gatter stand.

Nach ein paar Minuten schaffte er es ein paar Worte zu sagen.

„Oh Mann Jake, das war was, ich wollte Jasper einreiten, meinen neuen Hengst.

Ich bin ja geübt darin, aber so ein stures Pferd hatte ich noch nie, es warf mich ab und ich fiel genau auf das Tor, das dummerweise offen stand. Ich bin schon zu alt für so was, glaube ich."

Natürlich hatte Howard recht, er war viel zu alt für so was, aber ihm das zu sagen … Nein, dafür fehlte mir der Mut.

„Sei froh, dass dir nichts passiert ist, Howie, das hätte anders auch ausgehen können. Wenn ich jetzt nicht zufällig vorbeigekommen wäre, wüsste ich nicht, ob du es bis ins Haus geschafft hättest."

„Ja, ja Jake, spiel ruhig den Helden, ich lass dir die Ehre. Aber sag mir erst einmal, warum du hier bist. Eine Tasse Tee gefällig?"

Ich hatte nichts dagegen einzuwenden, also humpelten wir gemeinsam in sein Haus, um es uns dort gemütlich zu machen.

„Howie, Higgins hat mich wieder in den Dienst gestellt. Er möchte, dass ich den Mörder von Angelo finde, ich habe aber keine Ahnung, wie ich das machen soll."

Natürlich blieb sein Gesicht unbeeindruckt von dem, was ich gerade erzählt hatte.

Es hätte mich gewundert, wenn es nicht so gewesen wäre, er verzog nie seine Miene, es sei denn, er stürzte vom Pferd.

„Tja Jake, und wie kann ich dir da weiterhelfen? Ich weiß nicht mehr als du, ob du es glaubst oder nicht."

Natürlich konnte ich das nicht glauben, ich wusste zwar nicht viel über Howard, aber wenn ich was wusste, dann, dass er vor allen anderen genau wusste, was passiert ist.

Es wird gemunkelt, dass er mal beim Secret Service war und noch immer Kontakte hatte, die weit über den Präsidenten hinausgingen.

Aber als der Überfall mit seinen Eltern passierte, wurde er vorzeitig entlassen, und wohnte seitdem auf der Ranch.

„Naja, Howard, aber etwas wissen und etwas nicht sagen wollen, oder nichts wissen und nichts sagen können, das sind zwei Paar unterschiedliche Schuhe. Aber schon okay, ich frag nicht mehr nach."

Wenn mir Howard etwas erzählen wollte, dann hätte er es schon längst gemacht, und ich wusste, dass ich sowieso nichts aus ihm rausbekommen würde.

Wir plauderten noch ein oder zwei Stunden, ehe ich heimfuhr, es tat mir gut, endlich mal etwas Abstand davon zu gewinnen.

Am nächsten Morgen stand ich auf, um mir Kaffee zu machen, schlaftrunken, wie ich noch war, stolperte ich gleich mal über die Couch, um dann unsanft auf meinem Allerwertesten zu landen.

Ich war kein Morgenmensch und hasste es, in der Früh aufzustehen, es dauerte immer einige Zeit, bis ich halbwegs wach war.

Als ich mir gerade einen Espresso machen wollte, hörte ich ein Scheren an der Türe, oder zumindest bildete ich mir ein, etwas zu hören.

Ich stellte die Tasse hin, um nachzusehen, was es war.

Aber als ich die Türe öffnete, konnte ich nichts erkennen.

Ich schob das auf meinen Schlafmangel, da ich ja nicht gerade der geborene Frühaufsteher war.

Eigentlich sollte ich ins Büro fahren, da sich ja meine Aktenberge auf meinem Schreibtisch mittlerweile ziemlich stark vermehrten, und keine Aussicht auf Verminderung bestand.

Als ich gerade beschließen wollte, die Akten-berge weiter wachsen zu lassen, läutete mein Telefon.

„Jake, komm schnell ins Büro, Higgins möchte dich sprechen, es sei wichtig!"

Es passte mir gerade gar nicht, dass ich jetzt ins Büro musste.

Ich könnte mir auch nicht vorstellen, was so wichtig war, dass Higgins mich ins Büro holen ließ.

Aber mir blieb nichts anderes übrig, er war ja schließlich doch mein Chef.

Also setzte ich mich ins Auto und fuhr zum Revier.

Nachdem ich den Wagen eingeparkt hatte, ging ich in sein Büro.

Higgins war nicht da, was mich ein wenig ärgerte, aber der ganze Tag fing schon mies an, da würde es mich nicht wundern, wenn er so weiterverlaufen würde.

Nach gut zehn Minuten kam dann Higgins um die Ecke geschossen, was bei seiner Körperfülle recht erstaunlich war.

Er winkte mich zu sich.

„Jake, schließen Sie die Türe, bitte."

Er war seltsam angespannt, das konnte ich an seiner Ausdrucksweise erahnen.

„Danke, hören Sie zu Jake, ich habe Neuigkeiten. Blake wurde in der Stadt gesichtet. Sie müssen ihn finden unter allen Umständen. Überprüfen Sie das Hotel, vielleicht hat er dort unter einem falschen Namen eingecheckt. Wir müssen diese Chance nutzen.

Fahren Sie ins Hotel und fragen Sie nach. Sobald Sie etwas herausgefunden haben, melden Sie sich bei mir."

Natürlich musste ich machen, was Higgins sagte, aber ich konnte unmöglich herausfinden, unter welchem Namen er sich dort angemeldet hatte.

Es könnte ja jeder sein.

Ich fuhr trotzdem ins Hotel, falls Higgins dort anrufen sollte und mir nachspionierte, konnte ich mir wenigstens nicht nachsagen lassen, ich würde meine Arbeit nicht tun.

Ich ging an die Rezeption und zeigte meinen Ausweis her.

Die Dame war sehr freundlich und kooperativ.
Als sie sah, dass ich von der Polizei war, gab
sie mir sofort die Meldeblätter und die Daten-
auszüge vom Computer.
Ich versicherte ihr, dass, wenn ich damit fertig
sei, sie alles wieder zurück bekäme und begab
mich mit dem ganzen Kram in ein Nebenzimmer des Hotels.
Jetzt alles durchzusuchen ergab keinen Sinn,
und Blake würde sicher nicht freiwillig zu mir
kommen und sich verhaften lassen.
Ich starrte aus dem Fenster in den grauen Himmel.
Es nieselte den ganzen Tag schon, und eine
Besserung schien auch nicht in Sicht.
Ein paar Vögel zierten den Himmel, und in
weiter Ferne sah man ein Flugzeug Richtung
Süden ziehen. Ich war nicht sehr motiviert, da
ich ja wusste, es hatte keinen Sinn, nach Namen
zu suchen. Ich starrte in die Empfangshalle.
Wenn man das Hotel von außen betrachtete,
wirkte es sehr unscheinbar.
Umso imposanter war die Empfangshalle.
Der polierte Steinboden spiegelte das Tageslicht und der riesige antike Lampenschirm, der
in der Mitte hing, pendelte leicht im Wind.
Auf den Treppen stand eine alte Ritterrüstung,
die aber dennoch so neu aussah, dass man davon ausgehen konnte, dass es eine Nachahmung
war.
Es war seltsam still, und genau diese Stille hörte man.

Links oben war der Aufgang zum Restaurant, und rechts davon war eine Bar, die aber allem Anschein nach nicht besetzt war.

Ich fragte die Empfangsdame, ob ich mich an die Bar setzen dürfte, da ich dort besser arbeiten könnte. Sie hatte nichts dagegen.

Ein leichtes Rot umhüllte die Bar, das Holz war aus Mahagoni. Es hatte eine angenehme Atmosphäre hier, man fühlte sich auf Anhieb wohl.

Ich flog also über die Datenblätter der Gäste und achtete nicht wirklich darauf, wer jetzt hier wohnte. Es war ja so oder unnötig, dies zu durchsuchen.

Aber um mir die Zeit zu vertreiben, nahm ich den ganzen Stapel und ging durch die Hotelanlage.

Wenn man durch die Bar ging, konnte man nach draußen in den Hof gehen.

Also man schaute von oben in den Schlosshof, ich kannte das Hotel schon seit Kindheit an, aber ich fuhr bis jetzt immer nur daran vorbei, und beruflich hatte ich noch nie damit zu tun.

Es ist seltsam, wie sehr man die Schönheiten, die man ja jeden Tag vor Augen hat, nicht wahrnimmt. Ich schlenderte also die Terrasse auf und ab und ließ meinen Gedanken freien Lauf.

Es nieselte noch leicht und der Wind frischte auf, ich merkte das erst, als eine plötzliche Windböe mir den Stapel mit den Gästedaten sprichwörtlich aus der Hand wehte.

Ich fluchte über meine eigene Dummheit, ich war so im Gedanken versunken, dass ich gar nicht merkte, wie windig es inzwischen geworden war.

Das Papier klebte am Boden und fing sofort an, sich mit Wasser vollzusaugen.

Ich versuchte, das meiste zu retten, was aber gar nicht so einfach war, da man, sobald man es aufhob, zwei Teile in der Hand hatte. Ich ließ liegen, was nicht mehr zu retten war und nahm den Rest wieder mit an die Rezeption.

Es war kein Personal anwesend, also legte ich den Stapel an die Theke.

Als ich gerade gehen wollte, viel mein Blick auf das erste Blatt, das etwas schief da lag.

„Alan Wade" stand darauf.

Das konnte doch unmöglich sein?

Es konnte nicht die Alan sein, die ich kannte.

Leider stand weder die Adresse noch die Zimmernummer auf dem Zettel, aber das hatte mich schon neugierig gemacht.

Ich klingelte an der Rezeptionsglocke, und kurze Zeit später kam die Empfangsdame, die mir schon vorher die Meldedaten der Hotelgäste gegeben hatte.

„Könnten Sie mir sagen, in welchem Zimmer Alan Wade wohnt?"

„Tut mir Leid", antwortete die Dame, „aber, das darf ich aus Datenschutzgründen nicht. Ich habe Ihnen schon die Meldeblätter gegeben und auch das wäre eigentlich nicht erlaubt."

„Ja, Sie haben Recht, ich danke ihnen trotzdem für ihre Hilfe."

Ich verließ das Hotel aber nur scheinbar. Da es ja schon später Abend war, sollte demnächst ein Dienstwechsel sein.

Ich war früher in sehr vielen Hotels, und in der gehobenen Klasse gibt es immer einen Nachtwächter, der dafür sorgt, dass alles in ruhigen Bahnen abläuft.

Ich setzte mich also ins Auto und wartete auf den bevorstehenden Wechsel.

Nach einer knappen Stunde kam die Empfangsdame, die mich vorher bediente, aus dem Seiteneingang. Ich versteckte mich hinter dem Lenkrad, aber sie hatte es anscheinend sehr eilig, da sie geradlinig und mit flotten Schritten zum Auto ging und sofort wegfuhr.

Ich stieg aus und ging noch mal ins Hotel.

Die Eingangshalle war in dem schummrigen Licht noch imposanter als am Nachmittag.

Der Nachtportier stand auf, als er mich sah, und fragte mich höflichst, was er für mich tun könnte.

„Ich möchte gerne zu Wade Alan, ich bin ihr Bruder."

Der Nachtportier, ein vollbärtiger sehr korpulenter Mann, musterte mich etwas kritisch, tippte dann aber doch in seinem Computer etwas ein, und murmelte dann nur „Zimmer 312, im dritten Stock."

Ich bedankte mich und ging die Treppen hinauf.

Als ich vor dem Zimmer stand, hörte ich erst mal an der Tür, ob sich eine Person im Zimmer befand.

Ich konnte aber kein Geräusch vernehmen.

Leider waren die Zimmer mit einem Kartensystem zu öffnen, und nicht wie in den meisten Hotels mit einem Zimmerschlüssel.

Es wäre um einiges leichter, das Schloss mit einem Dietrich zu öffnen, als mit einer Magnetkarte.

Mir blieb also nichts anderes übrig, als mir irgendwie eine Masterkarte zu besorgen, die alle Zimmer aufschloss.

Ich war mir sicher, dass der Nachtwächter so eine Karte an der Rezeption aufbewahrte, ich musste ihn aber irgendwie davon weglocken.

Mein Blick schweifte nach oben an die Decke, ich könnte einen Feueralarm auslösen, und ihn damit von der Rezeption wegbringen.

Um den Weg für ihn so weit wie möglich zu machen, und mir dadurch mehr Zeit zu verschaffen, um die Karte zu suchen, ging ich in den vierten Stock am Ende des Ganges.

Ich hielt das Feuerzeug so nah es ging an den Brandmelder und ließ die Flamme ihre Arbeit verrichten.

Keine drei Sekunden später kam ein ohrenbetäubender Lärm aus sämtlichen Richtungen.

Und die Warnblickanlage versetzte alles in ein orange blinkendes Licht.

Kurz darauf irrten auch schon die ersten Hotelgäste durch den Flur und begaben sich hinunter
in die Empfangshalle.

Diese Verwirrung nutzte ich um mich ebenfalls
mit den anderen in Richtung der Rezeption zu
begeben.

In dem ganzen durcheinander, fiel es nicht auf,
dass ich den Seiteneingang öffnete und hinter
der Rezeption nach der Karte suchte.

Ich öffnete alle Läden und kramte nach der
Karte.

Aber finden konnte ich sie nicht.

Da fiel mein Blick auf die Ablagefläche. Eine
checkkartengroße Hülle lag dort mit der Aufschrift „MC"

Vielleicht war es ja das, was ich suchte.

Ich schaute hinein und hatte Glück, es war die
Masterkarte.

Sofort nahm ich sie und steckte sie ein.

Jetzt musste ich warten, bis sich die Lage beru-
higt hatte und der Nachtwächter wieder an der
Rezeption war, damit ich ungehindert in das
Zimmer gelangen konnte.

Ich versteckte mich im Erdgeschoss hinter dem
Stiegenaufgang, von dort aus konnte ich das
Geschehen sehr gut betrachten, ohne in Gefahr
zu geraten, entdeckt zu werden.

Es war noch immer eine ziemliche Verwirrung
und ein sehr lautes Gemurmel in der Halle.

Die Feuerwehr stürmte in den Eingangsbereich
und rannte sofort in den vierten Stock, wo der
Alarm ausgelöst wurde.

Nach ein paar Minuten kam die ganze Truppe wieder hinunter und so schnell sie gekommen waren, waren sie auch wieder weg.

Die Menschenmenge löste sich allmählich auf und nach einer halben Stunde hat sich die ganze Aufregung wieder gelegt.

Es wurde wieder still.

Der Nachtportier bezog seine Stellung wieder hinter der Rezeption und las die Tageszeitung.

Es dürfte ihm noch nicht aufgefallen sein, dass ich die Karte von ihm hatte.

Ich schlich mich langsam in den dritten Stock, um ins Zimmer von Alan zu gelangen.

Ich konnte nur hoffen, dass die Karte wirklich für alle Zimmer codiert war.

Aber das Glück war auf meiner Seite, die Tür sprang sofort auf, als ich die Karte durchzog.

Das Licht ging automatisch an, und mit einem leisen Klick schloss sich die Türe.

Das Zimmer war noch nicht aufgeräumt, und das Gewand lag unordentlich am Bett zerstreut.

Ein Koffer stand in der Ecke, und ein paar Schuhe lagen übereinander.

Man hatte das Gefühl, dass dieses Zimmer schon länger nicht mehr betreten worden war.

Ich suchte nach einem Ausweis oder ähnlichem, auf jeden Fall brauchte ich etwas, um sicher zu sein, dass es die Alan war, die ich meinte.

Das Zimmer war mir einem roten Teppich ausgelegt, also ich nahm an, es sei mal rot, die Fasern sah man schon ganz deutlich und er hatte sicher schon bessere Tage erlebt.

Ich versuchte nichts zu verschieben oder weg-
zuräumen, um nicht unnötig Verdacht zu erregen.

Aber in diesem Chaos war es fast unmöglich,
eines auf den anderen zu lassen, und mir blieb
nichts anderes übrig, als die Kleidung vom Bett
zu durchwühlen.

Ich nahm mir also das erste Kleidungsstück vor,
und suchte nach irgendetwas, um die Person im
Zimmer zu identifizieren.

Plötzlich hörte ich Schritte im Flur.

Ich war mir nicht sicher, ob sie näher kamen,
aber ich ging auf Nummer sicher.

Gleich hinter dem Bett war eine große Schiebe-
tür, die direkt zum Balkon des Zimmers führte.

Ich schob sie leise auf und drängte mich hinaus
auf den Balkon.

Gerade als ich die Türe wieder zumachte, hörte
ich ein Piepsen, und die Zimmertüre sprang auf.

Ich schaffte es noch, mich an die Ecke zu pressen, um nicht ins Blickfeld zu geraten. In der
Hektik vergaß ich den Hebel für die Schiebetüre zu verriegeln.

Dies hatte zur Folge, dass die Türe langsam
aber stetig durch das eigene Gewicht wieder
aufging.

Ich konnte nur hoffen, dass die Person im
Zimmer das nicht mitbekam.

Aber da ich mich in die Ecke pressen musste,
um nicht gesehen zu werden, blieb mir nichts
anderes übrig, als abzuwarten und zu hoffen,
nicht entdeckt zu werden.

Ich versuchte einen Blick ins Zimmer zu erhaschen, aber das war unmöglich, die Vorhänge waren offen und die Türe öffnete sich langsam, aber stetig immer weiter.

„Jetzt bloß kein Geräusch machen, Jake!" Ich redete mit mir selbst, was ich immer tat, wenn ich nervös war.

Ich hatte nicht Angst davor erwischt zu werden, sondern eher davor, mich dann vor Higgins rechtfertigen zu müssen, warum ich in ein Zimmer einbrach.

Und wenn man mich erwischte, war die logische Reihenfolge daraus, dass ich natürlich den Brandalarm ausgelöst hatte, um die Masterkarte zu bekommen und in das Zimmer zu gelangen.

Ja, vor dem hatte ich mehr Angst, als von der Dame, die im Zimmer war, ertappt zu werden.

Ich versuchte, so leise wie möglich zu atmen, um mich nicht zu verraten.

Ich konnte nur hören, wie sie etwas auf den Boden stellte und leise vor sich hinfluchte. Irgendetwas dürfte sie suchen, aber nicht finden.

Ich merkte, wie sie im Zimmer hin und her ging und sichtlich nervös war.

Aber unvorsichtig durfte ich jetzt nicht werden, meine Neugier war sehr groß und ich musste mir stetig einreden, nicht um die Ecke zu schauen.

Genau in dem Moment, als ich mir dachte, ich müsste einen Blick riskieren, dürfte sie gemerkt haben, dass in der Zwischenzeit die Balkontür schon bis zur Hälfte offen stand, denn gerade, als ich mich um die Ecke drehen wollte, schob sie mir die Türe vor der Nase zu. Mit einem leichten rums fiel die Türe ins Schloss.

Ein paar Sekunden später hörte ich auch schon, dass sich die Person entfernte und mit einem lauten Knall wurde auch die Einganstüre des Zimmers etwas unsanft zu gemacht.

Mein erster Blick fiel auf den Hebel der Balkontüre, ich schaute, ob die Türe doch nicht nur zugeschoben wurde und nicht versperrt, aber soviel Glück hatte ich nicht.

Sie war von innen verriegelt.

Ich schaute mich am Balkon um, ob es nicht eine andere Möglichkeit gab, irgendwie wieder heil hinunterzukommen.

Links und rechts von mir waren zwar auch Balkontüren, aber der Abstand bis zum nächsten Balkon betrug sicher gute drei Meter, wenn nicht mehr, das war mir dann doch um einiges zu riskant. Ich schaute nach unten, aber von mir bis zum Boden waren es sicher gute 15 Meter, und auch das war mir etwas zu hoch.

Ich hielt nach einer Dachrinne Ausschau, hatte aber auch Pech, die nächste war ein Zimmer weiter.

Es war schon eigenartig: Durch meine eigene Neugier hatte ich mich außer Gefecht gesetzt. Nicht nur, dass ich jetzt nicht wusste, wer die Person war, die mich ausgesperrt hatte, nein, jetzt war ich auch noch auf dem Balkon des Hotels und wusste nicht, wie ich wieder hinunterkommen sollte.

Ich schaute nach unten, in der Hoffnung auf einen Geistesblitz, aber der blieb mir leider verwehrt.

Ich hatte überhaupt keine Ahnung ,wie ich von diesem Balkon Richtung Erde kommen sollte.

Plötzlich hörte ich ein Knacksen, das allem Anschein nach von der großen Fichte zu kommen schien, die vis-à-vis vom Hotel stand.

Es war ein majestätischer Anblick, dieser Baum.

Die unteren Äste waren an die drei Meter lang, und im Dunkeln hatte man das Gefühl, der Baum lege seine Äste wie schützende Hände über den Boden.

Von unten nach oben waren in gleichmäßigen Abständen die Äste verzweigt und schaukelten sanft im Wind.

Ich stand vielleicht zwei Meter davon entfernt und zur Spitze waren es von mir aus keine fünf Meter mehr.

Ein Eichhörnchen verursachte das Geräusch.

Es hatte eine Haselnuss fallen lassen und war anscheinend dadurch aufgeschreckt worden.

Ich sah, wie es mit gekonnten Sprüngen der Haselnuss nach unten folgte.

Und da kam der erhoffte Geistesblitz.

Die einzige Möglichkeit, unerkannt wieder davonzukommen, war über diesen Baum.

Ein gewisses Risiko bestand, dessen war ich mir bewusst, aber ich ging das gerne ein. Wenn ich mir bildlich vorstellte, wie Higgins mich zur

Schnecke machte, war mir es das doch wert, diese unübliche Art des Abstieges zu wählen. Ich stieg auf die Brüstung und versuchte meinen Blick möglichst gerade zu halten. Wenn ich nach unten geschaut hätte, wäre das wahrscheinlich nach hinten losgegangen. Ich suchte mir meinen Punkt an dem Baum, an dem ich vorhatte zu landen, fixierte ihn, spannte meine Beine an und sprang.

Ich konnte mich mit einer Hand gerade noch am Ende des Zweiges festhalten, der aber sofort unter meinem Gewicht nachgab und sich an die zwei Meter nach unten bog.

Das war zwar nicht ganz in meiner Absicht, hatte aber dennoch den Vorteil, dass ich dadurch automatisch auf den darunter liegenden Ast landete, der schon etwas stärker war und mein Gewicht tragen konnte. Ich hatte jetzt leichtes Spiel, ich kletterte zur Mitte des Baumes und stieg Ast für Ast hinunter.

Unten angekommen starrte ich noch einmal auf den Balkon, auf dem ich gerade noch war, und wunderte mich, wie hoch es eigentlich war und wie dumm meine Aktion gerade war.

Aber die andere Wahl wäre aus meiner Sicht noch dümmer gewesen, also dachte ich nicht mehr darüber nach, putze mir die Nadeln und die Erde vom Gewand und ging zum Auto.

Ich ärgerte mich maßlos über meine Unachtsamkeit, als ich im Zimmer war.

Es wäre ein Leichtes gewesen, mich unter dem Bett zu verstecken, um ohne Probleme herauszufinden, ob es Alan gewesen war oder nicht.

Naja, es war ja Alan, aber ob es die Alan war, das wusste ich nicht.

Ich sperrte das Auto auf und setzte mich hinein. Nachdem ich die Tür zuschlug und den Schlüssel ins Zündschloss stecken wollte, zögerte ich noch ein wenig.

Es ging mir einfach nicht aus dem Sinn.

Natürlich war es berufsbedingte Neugierde, aber meine Emotionen gegenüber Alan kamen da auch ins Spiel.

Ich war mir mittlerweile ziemlich sicher, etwas für sie zu empfinden.

Ich wusste es ja schon die ganze Zeit, und manchmal ließ ich es zu und dann wieder nicht.

Aber als ich ihren Namen auf dem Zettel las, kam mir ein Schauer über den Rücken.

Der Gedanke, dass sie es sein könnte, trieb mich dazu, den Alarm im Hotel auszulösen und in ihr vermeintliches Zimmer einzubrechen.

Ich fühlte schon lange nicht mehr so etwas für eine Frau.

Das letzte Mal war es bei Monika, ich hatte nur noch Augen für sie gehabt.

Wir heirateten drei Monate, nachdem wir uns kennen gelernt hatten, und fast genauso schnell war es auch wieder vorbei.

Die Enttäuschung darüber konnte ich bis heute nicht ganz überwinden, und anstatt mir selbst eine Chance zu geben, kapselte ich alle meine Gefühle ab und ließ keinerlei Emotionen zu.

Sobald ich auch nur das Gefühl hatte, es könnte annähernd was werden, suchte ich Gründe, um es gar nicht soweit kommen zu lassen.

Bis ich Alan fand.

Obwohl sie ja eigentlich mich fand, da sie es ja war, die sich bei mir im Auto versteckte.

Als wir im Hotel abgestiegen sind, hatte ich schon so ein Gefühl, als ich sie betrachtete.

Dieses wunderschöne Gesicht und diese Ausstrahlung.

Vielleicht war es auch nur einfach an der Zeit, mich nicht mehr einzukapseln, sondern wieder mal auf das Schöne zu achten.

Und vielleicht trat Alan gerade zu diesem Zeitpunkt in mein Leben, als ich es gar nicht erwartete.

Das Licht eines Scheinwerfers riss mich aus meinem Gedanken, ein anderes Auto blendete mich, als es an mir vorbeifuhr, um an auf dem Parkplatz stehenzubleiben.

Ich startete den Motor und fuhr los.

Ich hatte kein wirkliches Ziel, und so fuhr ich mal Richtung Ranch.

Es war mittlerweile schon fast Mitternacht, und da der heutige Tag für mich ziemlich abenteuerlich war, fuhr ich durch die Gegend.

Also mal in Richtung Ranch.

Howard war bestimmt nicht mehr wach, aber mir war die Strecke schon so vertraut, dass ich instinktiv in diese Richtung fuhr.

Ich ließ meine Gedanken kreisen und achtete nicht wirklich auf die Straße.

Der Mond strahlte ein sanftes Licht auf die Steppe, und ein leichter Wind wehte.

Es war weit und breit nichts zu sehen, ich fuhr mal auf der einen, mal auf der anderen Spur. Es war egal, wo ich fuhr und wie schnell, ich ließ das Lenkrad los, und langsam aber stetig kam mein Auto von der Spur ab.

Die Reifen holperten über die leichten Schlaglöcher, die sich im Laufe der Zeit durch die extreme Hitze gebildet hatten, und rüttelten die Karosserie etwas durcheinander.

Die Stoßdämpfer versuchten die Wucht etwas zu mindern, aber dennoch merkte man die Erschütterungen, die vom Reifen ausgingen.

Mit einer leichten Linksbewegung schob sich mein Wagen von ganz alleine wieder auf die Straße zurück.

Und das gleiche Spiel wiederholte sich.

Ich genoss diese Freiheit des Augenblicks, und warum auch immer, fühlte ich mich in diesem Moment so frei wie schon lange nicht mehr.

Ich hatte das Gefühl der völligen Unbeschwertheit.

Vielleicht war es das Mondlicht, das sich im Schatten der Nacht brach, oder vielleicht war es einfach nur diese einsame Leere, die die Steppe mit sich brachte.

Als ich nach vorne schaute, sah ich die Ranch von Howard.

Das Licht brach sich auf dem Hügel, den die Straße mit sich führte und die heiße Luft, die vom Asphalt aufstieg, tauchte die Ranch in ein welliges Bild, welches sich in der Hitze der Steppe spiegelte.

Die Ranch tauchte hinter dem Hügel langsam empor, und ich sammelte mich schon langsam wieder.

Es wunderte mich, dass noch Licht brannte, da es ja schon weit nach Mitternacht war.

Howard war ein Frühaufsteher, was er ja zwangsläufig sein musste, da er die Pferde zu versorgen hatte, und wenn die in der Früh kein Heu und Wasser bekommen würden, könnte es durchaus sein, dass sie bei der Hitze zu Mittag kollabierten.

Ich näherte mich langsam der Ranch und parkte meinen Wagen vor dem großen Eingangstor. Nachdem ich den Motor abgestellt hatte, ging ich zur großen Veranda.

Als ich näher kam, hörte ich, wie Howard ziemlich aufgeregt redete.

Ich konnte leider nichts verstehen, also pirschte ich mich noch näher ran, um zu hören, was er zu sagen hatte.

Ich legte mein Ohr an die Türe, um zu lauschen, konnte aber nur ein paar Wörter verstehen, die ich nicht zuordnen konnte.

Aber ich bekam mit, dass er über Higgins etwas sagte, und Alan war auch ständig zu hören.

Howard wusste irgendetwas, dessen war ich mir sicher.

Ich presste mein Ohr noch fester an die Türe, um auch die ganzen Sätze zu verstehen und nicht nur Bruchstücke vom Gespräch.

Genau in diesem Moment sprang die Türe auf an der ich lauschte.

Das kam sicher daher, dass ich zu fest mit meinem Kopf an die Türe drückte, und da sie nicht verschlossen war, sprang sie auf.

Augenblicklich wurde es stumm.

Ich duckte mich schnell, um nicht von Howard gesehen zu werden.

Aber um ganz sicher zu sein, kroch ich unter die Hütte, in welcher Howard telefonierte.

Die Hütte war etwa einen halben Meter weit über dem Boden, und durch drei Treppen von Boden getrennt.

Das war mein Vorteil. Als ich mich vor Howard duckte, konnte er mich nicht sehen, da ich mich sofort unter den Treppen versteckte.

Ich hörte durch den Holzboden ganz laut und deutlich, wie Howard Richtung Türe ging, um die Treppen hinab zu steigen.

Ich presste mich auf den Boden, um ja nicht aufzufallen.

Howard würde mir sicher nichts tun, wenn er mich erwischte, aber so ganz sicher war ich mir da nicht.

Ein unnötiges Risiko wollte ich nicht eingehen, also machte ich das Beste aus der Situation, ich versteckte mich unter der Hütte, um nichts zu provozieren.

Howard machte einen Rundgang um die Hütte.
Ich sah seine Stiefel, die im Mondlicht glänzten. Ich konnte nur hoffen, dass er nicht auch unter die Hütte schaute, was ich aber bezweifelte, da er ja nicht mehr der Jüngste war.
Ich schaute auf seine Stiefel, um zu wissen, wo er gerade hinging.
Als ich ihm nachschaute, sah ich etwas Silberfarbenes neben mir glitzern.
Ich drehte langsam meinen Kopf in die Richtung und sah, wie sich eine Klapperschlange direkt neben meinem Kopf befand.
Mir schoss der Schweiß aus den Poren, als ich sie sah.
Es war nicht unüblich, in dieser Gegend auf Klapperschlangen zu treffen, und meistens lebten sie am Tag im Gebüsch oder an schattigen Plätzen, um der Sonne nicht hilflos ausgeliefert zu sein.
Und direkt unter einer Hütte war es ja auch schön kühl und schattig.
Ich wusste, ich durfte mich nicht bewegen, um die Schlange auf keinen Fall reizen, da sie sonst sofort zubiss.
Das nächste Spital war über eine halbe Stunde weg, und wenn sich mich jetzt beißen würde, wäre das mein sicherer Tod.
Man bräuchte in den nächsten 20 Minuten ein Gegenmittel, alles andere wäre aussichtslos.
Ich konnte kaum noch atmen, und hatte das Gefühl erdrückt zu werden.

Jede kleinste Bewegung könnte meine letzte gewesen sein.

Die einzige Chance bestand darin, mich absolut ruhig zu verhalten, um die Schlange nicht auf mich aufmerksam zu machen.

Mein Herz raste wie wild, und obwohl es eigentlich recht kühl war in dieser Nacht, war ich binnen zwei Minuten am ganzen Körper schweißgetränkt.

Ich hatte panische Angst und versuchte so wenig wie möglich zu atmen, was aber fast nicht möglich war, wenn ich daran dachte, was passierte, falls mich die Schlange biss.

Ich spürte, wie ein lauer Wind durch die Hütte zog, und da diese Nacht schon recht ungewöhnlich kühl war, kam mir der Wind, als er meine Haut berührte, eiskalt vor.

Meine Kleidung war schweißdurchtränkt und in Kombination mit dem kalten Wind bekam ich sofort eine Gänsehaut.

Mir wurde innerhalb von Sekunden ziemlich kalt, und das äußerte sich nicht nur durch eine Gänsehaut, sondern auch dadurch, dass mein Körper von den Füßen weg stetig bis nach oben zu zittern begann. Ich konnte mich noch so sehr dagegen wehren, es half nichts, ich fing zu zittern an.

Instinktiv drehte sich die Schlange in meine Richtung. Und sah mir genau in die Augen.

Sie züngelte auf den Boden und schlängelte sich in Richtung meiner Füße, die sich anscheinend als erstes bewegt hatten.

Ich war starr vor Angst und wusste nicht, wie ich reagieren sollte.

Die Schlange schien ziemlich aggressiv geworden zu sein, da ich sie anscheinend durch mein Zucken gereizt hatte.

Sie kam langsam, aber stetig an mich heran, und ich hatte das Gefühl, das sie mich von oben bis unten mit ihrer Zunge langsam abtastete, um mich an der richtigen Stelle zu beißen und meinem Leben dadurch ein Ende zu setzen.

Es war kein sehr angenehmes Gefühl, den Tod so direkt vor Augen zu haben, ich war mir sicher, sie würde jede Sekunde zubeißen.

Das typische Rasseln mit ihrem Schwanz verriet ihre Angriffslust, und sie bäumte sich direkt vor mir auf.

Ich war schweißnass am ganzen Körper, und obwohl ich es gerne wollte, war es mir unmöglich, etwas zu unternehmen.

Mein ganzer Körper war regungslos und ich schloss mit meinem Leben ab.

Das Rasseln der Schlange wurde lauter, es war für mich nur noch eine Frage der Zeit, wann es vorbei sein würde.

Doch plötzlich drehte sich die Schlange um und biss in einen Stock, der vor ihr wie wild auf und ab tänzelte.

Ich hörte die Stimme von Howard. „Du Drecksvieh wohnst nicht unter meiner Hütte!" Noch nie war ich so froh, Howards Stimme zu hören.

Der Ast tanzte vor den Augen der Schlange auf und ab und reizte sie dadurch umso mehr.
Mit einem Fauchen schnappte sie nach dem Ast und versuchte ihn dadurch zu fangen.
Sie begab sich immer weiter aus dem Schutz der Hütte und war innerhalb kurzer Zeit schon soweit vom sicheren Versteck entfernt, dass Howard versuchte, sie zu fangen.
Er versuchte die Aufmerksamkeit auf den Stock zu lenken, um dann das Biest von hinten zu packen und ihm den Garaus zu machen.
Ich war mir sicher, er hatte als Schlangenbändiger schon genug Erfahrung, um kein unnötiges Risiko einzugehen.
Als sich die Schlange in den Ast verbiss, nahm Howie sie sofort hinter den Hals und drehte ihn der Schlange um.
Mit einem leisen Zischen wich der letzte Hauch des Lebens von ihr.
Howard brummte etwas, das ich nicht verstand, und ließ das Tier liegen.
Ich kam erst nach und nach wieder ganz zu mir und begriff erst allmählich, was gerade passiert war.
Es war wie ein Film, der sich vor mir abspielte, doch so richtig verarbeiten ,konnte ich es nicht.
Die Kälte war nicht mehr zu spüren, aus welchem Grund auch immer.
Vielleicht weil ich nicht mehr daran dachte, oder vielleicht war es der Schock.
Ich blieb ein paar Minuten liegen und starrte auf den Holzboden der Hütte.

Nur langsam kam wieder Leben in meinen
Körper und nur langsam merkte ich, dass wieder Blut durch meine Venen floss.
Ich war dem Tod noch nie so nahe und möchte
es auch nicht wieder sein.
Wenn mich die Schlange nicht bemerkt hätte,
und mich sofort gebissen hätte, ohne das typische Geräusch, dann hätte Howard nie bemerkt,
dass unter seiner Hütte das Tier hauste.
War es nur Glück oder Bestimmung? Egal, ich
lebte und war unsagbar froh darüber.

Ich sah nur noch den Schatten von Howard, der
sich in der Zwischenzeit in Richtung Ranch
begeben hatte.
Ich wischte mir den Staub von meinem Körper,
der sich durch meinen Schweiß wie ein klebri-
ger Film an die Haut gelegt hatte.
Es juckte und kratzte überall, aber ich unter-
drückte es und kroch unter der Hütte hervor.
Nachdem ich mir den Staub, so gut es möglich
war, abgeklopft hatte, ging ich zurück zum
Auto.
Howard war auch nicht in seinem Haus, es
brannte nirgends ein Licht.
Ich spielte mit dem Gedanken, ihn aufzusuchen,
um zu sagen, dass er mir gerade eben das Leben
gerettet hatte, aber ich schlug mir das sofort aus
dem Kopf, da er ja dann wissen wollte, was ich
auf seinem Grundstück zu suchen hatte, und ihn
verärgern wollte ich nicht.
Ich setzte mich ins Auto und fuhr los.

Erst langsam kam mir in den Sinn welches Glück ich soeben hatte und wie schnell ein Leben vorbei sein konnte.

Im Gedanken verloren fuhr ich nach Hause und legte mich in mein Bett.

Nach so einem anstrengenden Tag fiel es mir nicht schwer, sofort einzuschlafen.

Am nächsten Morgen wurde ich unsanft vom Telefon geweckt.

Es war Higgins, der nach mir rief.

Ich sollte so schnell wie möglich ins Büro kommen, warum auch immer.

Nachdem ich geduscht und meinen Kaffee getrunken hatte, der aber nicht wirklich gegen die Müdigkeit half, fuhr ich ins Büro.

Higgins war ungewöhnlich ruhig, als er mich sah.

„Jake, Sie kennen doch Howard, der draußen auf der Ranch wohnt, oder?"

Und ob ich ihn kannte, ich war sehr erstaunt, warum Higgins das wusste.

Ich machte zwar kein Geheimnis daraus, aber dennoch posaunte ich es nicht in die Welt hinaus.

„Ja, ich kenne Howard. Warum fragen Sie?"

„Er ist am frühen Morgen verhaftet worden, Jake"

Higgins wartete auf meine Reaktion, als er das sagte.

Aber ich reagierte eigentlich gar nicht, da es mich so überraschte, dass ich gar nicht wusste, was ich in dem Augenblick machen sollte.

„Und warum wurde er verhaftet?"

„Er steht unter Mordverdacht, Jake. Er hat anscheinend Angelo ermordet.

Man fand Lacksplitter vom blauen Mustang an seinem Wagen."

„Ja, aber wie kam man gerade auf seinen Wagen? Ich meine, warum hat man gerade seinen Wagen untersucht?" Ich verstand das ganze nicht.

„Hat man nicht Jake, aber das Labor hat, als es den Mustang untersuchte, rote Lackspuren entdeckt, und sie dann analysiert.

Und anhand des Lacks spürten sie alle Wägen auf, die diese Farbnummer hatten.

Und Howards Wagen hatte die passenden Schrammen, und die blauen Reste des Mustangs waren auf seinem Auto."

Ich konnte es nicht glauben, Howard würde das nie machen, dessen war ich mir ganz sicher.

„Darf ich ihn sprechen?", fragte ich

„Jake, Sie wissen, es ist verboten, als Polizist Freunde oder Verwandte, die unter Mordanklage stehen, zu besuchen."

Natürlich wusste ich das, aber in dem Moment dachte ich nicht daran, ich konnte es nicht begreifen, dass Howard angeblich einen Mord begangen haben soll.

Aber wenn ich darüber nachdachte, kannte ich ihn auch wieder nicht so gut, wie ich wahrscheinlich glaubte.

Ja lange, sehr lange kannte ich Howard schon. Aber dennoch hieß das ja nicht, dass ich ihn kannte.

Auch bei Monika dachte ich, dass ich sie in- und auswendig kennen würde, aber als sie dann ihr wahres Ich zeigte, merkte ich, wie sie wirklich war.

Vielleicht war das ja bei Howard auch so?

Aber ich musste versuchen, an ihn ranzukommen, um ihn persönlich zu sehen.

Wenn ich ihn in die Augen blicken könnte und er mir versichern würde, dass er unschuldig ist, hätte ich es ihm wohl geglaubt.

Oder war es der Plan von Higgins, einen Mitwisser wegzusperren?

Diese Möglichkeit schien mir logisch.

Howard kannte eine Menge Leute und er wusste immer über alles und jedem Bescheid.

Auch über Higgins, aber die Beweise fehlten.

Es gab immerhin Gerüchte über Higgins, dass seine Frau ermordet wurde und nicht einfach so ausgerutscht und im Swimmingpool ertrunken sei.

Und dass er Kontakte zu den höchsten Mafiabossen habe.

Ich vernachlässigte in letzter Zeit mein Ziel, Higgins dingfest zu machen, zu sehr.

Higgins schwatzte mir immer mehr Sachen auf, die keinen Sinn ergaben, sei es in ein Hotel zu fahren, um Blake zu suchen, was ja schon im Vorhinein zum Scheitern verurteilt war, oder er

gab mir Akten von Fällen, die schon verjährt
waren.

Warum er mich wieder eingestellte hatte, war
mir bis heute ein Rätsel, aber er schaffte es,
mich so zu beschäftigen, dass ich auf das vergaß, was ich eigentlich vorhatte.

Ich musste auf jeden Fall mit Howard sprechen,
was aber nicht so einfach war, da er unter
Mordanklage stand, und aus diesem Grund
schwer bewacht wurde.

Im Moment bleib mir nichts anderes übrig als
abzuwarten.

Ich fuhr also heim, um bei einem Glas Jim
Beam meine Gedanken zu beruhigen.

Leider half mir auch er nicht bei meinem Vorhaben.

Ich konnte nur noch daran denken, wie ich es
schaffen würde, mit Howard zu sprechen.

Er saß im Hochsicherheitstrakt und es gab keine
Möglichkeit, einfach so hinzufahren.

Sobald sie meinen Ausweis gescannt hätten,
würde es aufscheinen, dass ich ein Cop bin.

Und da ich ja nicht für den Fall beauftragt wurde, hatte ich keine Chance, auch nur in seine
Nähe zu kommen.

Die nächsten Tage waren für mich nicht leicht,
ich hörte nichts von Howard und Higgins war
seltsamerweise seit drei Tagen nicht am Revier
erschienen.

Ich konnte nicht wirklich schlafen, da mich der
Gedanke nicht losließ, mit Howard sprechen zu
müssen.

Ich fuhr nochmals ins Revier, um vielleicht Higgins zu sehen, er war aber nach wie vor nicht im Büro.

Auch wusste keiner, wo er war.

Ich setzte mich ins Auto und fuhr zur Ranch von Howard.

Wenigstens das vermittelte mir ein Gefühl, dass er da wäre.

Um mir die Zeit ein wenig zu verkürzen, schaltete ich das Radio ein, aber entweder liefen nur Songs, die ich schon nicht mehr hören konnte, oder aber es kam Werbung, die ich ja sowieso nicht ausstehen konnte.

Ich schaltete mich von Sender zu Sender durch, konnte aber nichts Brauchbares finden.

Also ließ ich mich von der Musik berieseln und genoss die Sonne.

Im Radio kam schon zum dritten Mal eine Werbung über ein Waschmittel, und anschließend ein Lied, das mittlerweile schon so langweilig war, dass ich reflexartig den Ton abstellte, um es nicht noch einmal hören zu müssen.

Bei der Ranch angekommen, stellte ich den Wagen im Schatten ab und ging auf die Koppel.

Es war seltsam ruhig, nur der Wind pfeifte etwas, als er durch das Gatter wehte.

Ich ging zum Stall, um nach den Pferden zu sehen.

Sie waren es ja nicht gewohnt, solange ohne Auslauf im Stall zu sein, und ich war mir auch nicht sicher, ob sie überhaupt noch lebten.

Sie wurden ja weder gefüttert noch mit Wasser versorgt, seit Howard im Gefängnis saß.

Mit einem leisen Quietschen ging das Scheunentor auf und das Sonnenlicht flutete sofort den dunklen Raum.

Ich schaute mich um und musste erstaunt feststellen, dass die Pferde gut versorgt waren. Es roch nach frischem Heu und das Wasser in der Tränke war noch keinen ganzen Tag alt.

Ich öffnete die erste Box und sah in den Futtertrog.

Es lag frischer Hafer darin und es schmeckte den Pferden sichtlich.

Ich ging die ganzen Boxen durch. Mir bot sich aber bei jeder Box das gleiche Bild.

Jedes Pferd war komplett versorgt.

Da die Sonne schon langsam hinter dem Hügel verschwand, beschloss ich, den Pferden etwas Auslauf zu gönnen.

Das große Scheunentor war ziemlich schwer und nur mithilfe einer Kette zu öffnen.

Ich hängte mich mit meinem ganzen Gewicht an die Kette, um das Tor in die Höhe zu geben, das war aber gar nicht so einfach, da man die Kette immer weiter ziehen musste, um das Tor nach oben zu schieben.

Nach gut zehn Minuten hatte ich es geschafft, wenngleich auch unter größten Anstrengungen. Mich wunderte es wie Howard das schaffte, er war ja doch etwas schmächtiger gebaut als ich. Als die Pferde die frische Luft der Steppe witterten, galoppierten sie sofort auf die Koppel.

Der Auslauf tat ihnen sicher gut, denn ich wusste nicht, wann ich wieder herkommen konnte.

Es war wunderschön diese Tiere zu betrachten.

Die Hufe wirbelten den Staub auf, der sich auf die trockene Erde legte, und wenn sie sich auf den Rücken warfen, um sich in der Erde zu suhlen, schnaubten sie freudig.

Es war ein sehr schönes Gefühl, hier zu sitzen und den Sonnenuntergang, der sich schon langsam vollzog, zu betrachten. Das glutrote Licht färbte das Anwesen Minute um Minute mehr in ein oranges Licht, und unmittelbar darauf verdrängte die Dunkelheit dieses Schauspiel.

Ich trieb die Pferde hinein, was sich erstaunlicherweise als eine leichtere Übung erwies, als das Scheunentor zu öffnen.

Ohne irgendwelche Anstalten trabten sie ihn ihre Boxen, und begannen das Heu und den Hafer zu verschlingen.

Ich schaute dem ganzen Treiben noch etwa eine halbe Stunde zu und begann dann das Heu und die Tränken nachzufüllen.

Ich vergewisserte mich, ob ich auch kein Pferd vergessen hatte, und ging noch mal alle Boxen durch.

Ich hatte nichts übersehen und konnte ruhigen Gewissens die Scheune absperren.

Auf dem Weg zum Auto überlegte ich mir, wer vor mir die Pferde gefüttert und gepflegt hatte.

Ich konnte mich nicht daran erinnern, dass Howard mir mal erzählt hätte, dass er Geschwister hat.

Und wirkliche Freunde hatte er nicht außer mir, zumindest seit ich ihn kannte, hatte er kein einziges Mal, wenn ich dort war, Besuch.

Ich sperrte mein Auto auf und startete den Motor.

Nach ein paar Metern fing der Wagen zu holpern an und ich konnte nicht mehr lenken.

Ich hatte einen Platten am vorderen rechten Reifen.

Das fehlte mir gerade noch. Da es schon ziemlich dunkel war und es auch merklich abkühlte, war ich nicht gerade erfreut darüber.

Das Reserverad war im Kofferraum untergebracht, und um an das zu gelangen, musste ich mal den ganzen Saustall, der sich im Laufe der Jahre dort gesammelt hatte, entfernen.

Ich räumte also den Kofferraum aus und legte die ganzen Sachen auf den Beifahrersitz, der schon sichtlich überfüllt war.

Die Eisenplatte, die sich über dem Reserverad befand, wog an die 30 Kilo.

Es war gar nicht so einfach, die Platte aufzuheben, geschweige denn aus dem Kofferraum zu geben, um an das Rad überhaupt ran zu kommen.

Es war in der Zwischenzeit schon stockfinster geworden, und das einzige Licht, das es jetzt noch gab, war das kleine, das sich oberhalb des Spiegels befand.

Eine Kerze konnte mehr Licht erzeugen als das hier, und so versuchte ich mehr durch fühlen als durch sehen das Rad zu wechseln.

Ich schaffte es aber, wenngleich ich dafür über eine Stunde gebraucht hatte.

Natürlich konnte ich nicht mit dem Rad so schnell fahren, und so blieb mir auch nichts anderes übrig, als gemütlich meinen Heimweg anzutreten.

Die Autobatterie schwächelte beim Anstarten, doch sie schaffte es gerade noch, den Motor anzulassen.

Das hätte mir jetzt noch gefehlt, wenn auch die Batterie streiken würde.

Ich fuhr die Landstraße Richtung Stadt und konnte mir dank der niedrigen Geschwindigkeit, die ich ja jetzt fahren musste, meinen Gedanken freien Lauf lassen.

Es war in letzter Zeit nicht einfach für mich, die ganzen Vorfälle zu verarbeiten.

Mein Chef schickte mich zu den absurdesten Tatorten, und ich musste Bürokram aufarbeiten, der nicht mal in meinen Zuständigkeitsbereich fiel.

Es wurde ein Mordanschlag auf mich verübt, oder zumindest sollte es wie einer aussehen, Howard wurde verhaftet ohne irgendeinen Beweis, und zu guter Letzt wurde ein Arbeitskollege ermordet, dessen Täter ich auffinden sollte.

Ich hatte manchmal das Gefühl eines Komplottes gegen mich, und so sehr ich auch darüber nachdachte und grübelte, konnte ich immer nur Andeutungen erkennen, aber einen Zusammenhang daraus schließen konnte ich nicht.

Ebenso musste ich ziemlich oft an Alan denken, ich wusste nicht, wo sie war und ob sie überhaupt noch lebte.

Auch wie es Howard ging, konnte ich nur erahnen.

Wenn man auf einer Ranch aufwuchs und diese Freiheit genoss, musste es die Hölle sein, in einer kleinen Zelle eingesperrt zu werden, und vor allem zu wissen, dass man unschuldig ist.

Ich musste Howard unbedingt dort raus holen, oder ihn wenigstens besuchen kommen.

Um meine letzten Zweifel zu beseitigen, dass er wirklich unschuldig war, musste ich ihn sehen.

Mit diesen Gedanken parkte ich mein Auto vor meiner Wohnung und fiel dann todmüde ins Bett.

Am nächsten Morgen fuhr ich ins Büro, um vielleicht etwas Neues zu hören im Falle Angelo, oder zumindest ein paar Informationen zu bekommen.

Angeblich fand man ja auf Howards Wagen die Lackspuren, die ihn angeblich als Mörder überführt hatten.

Die Tür zum Labor war geschlossen, und auch das Büro von Higgins war abgesperrt.

Ich konnte versuchen, mit einer Büroklammer die Schlösser zu öffnen, das schien mir aber zu riskant.

Wenn ich dabei erwischt würde, wäre ich sofort meinen Job los.

Ich ging also unverrichteter Dinge wieder vom Revier und fuhr durch die Stadt.

Natürlich hätte ich genug zu tun, aber einen Kopf für andere Sachen hatte ich im Moment nicht.

Ich musste zu Howard in die Zelle, egal wie.

Mein Weg führte bei einer Werkstatt vorbei und ich entschloss mich kurzfristig, den Reifen zu wechseln, der mir nicht gerade ein komfortables Fahren ermöglichte.

Ich bog also in die Querstraße ein, wo sich die nächste Werkstatt befand.

Der Mechaniker grüßte mich freundlich, als er mich sah, und fragte gleich, was ich wollte.

Die übertriebene Höflichkeit des Mechanikers schloss ich auf meine Dienstmarke, die ich ja immer sichtbar tragen musste.

Da ich ja in zivil unterwegs war, musste ich zur Erkennung die Marke an der Gürteltasche tragen.

Ich erklärte ihm also mein Anliegen, und nachdem er meinte, er hätte einen neuen Reifen lagernd, stellte ich ihn mein Auto hin.

Während ich darauf wartete, begab ich mich in den Hinterhof und schaute mich, um mir die Zeit zu vertreiben, etwas um.

Aber außer Stapel von alten Autoreifen und ein paar Autowracks, die im Stillen vor sich hinrosteten, war nichts Besonderes zu sehen.

Der verrostete Gartenzaun des Geländes ließ mich direkt auf die Kreuzung blicken, die dahinter war.

Mein Blick fiel auf die Kreuzung, wo die Autos geduldig warteten, bis es grün wurde.

Ein großer Lastwagen, der sich langsam der Kreuzung näherte, erregte meine Aufmerksamkeit.

Es war mehr die Aufschrift des Lkws, die mich fesselte.

Ein großer Schriftzug der Firma verriet mir, dass es eine Textilwäschefirma war.

Und genau in dem Moment kam mir die Idee.

Blake entfloh aus dem Gefängnis, indem er sich im Wäschekorb versteckte und am darauf folgenden Morgen ganz ungeniert als Rechtsanwalt das Gefängnis verließ.

Das gleiche musste umgekehrt ja auch funktionieren. Der Gedanke war genial, wenn auch nicht ganz ungefährlich. Ich wusste nicht, wie es im Hochsicherheitstrakt war, aber es wurden dort ganz sicher die Wäschekörbe einzeln durchsucht, und es bekam ja nicht jeder einen großen Wäschekorb in die Zelle gestellt, daher wäre diese Art nur eine Möglichkeit, ins Gefängnis hinein zu kommen. Aber um dann Howard zu finden und ungehindert die Videokameras zu passieren … Das war nicht so einfach. Meine einzige Chance sah ich darin, einen Cop K.O zu schlagen und dann bei der Abendessensausgabe Howard auf seiner Zelle zu besuchen.

"Sir, Ihr Auto ist fertig." Der Mechaniker riss mich aus den Gedanken.

Ich bedankte mich und gab ihm reichlich Trinkgeld, ich hätte nicht gedacht, dass er so schnell fertig sein würde.

Mir kam das aber sehr gelegen, denn unweit
von der Werkstatt war das Gefängnis, und mich
ließ der Gedanke nicht los, Howard zu besuchen. Ich nahm mein Auto und fuhr hin.
Um meinen Plan zu verwirklichen, musste ich
zuerst feststellen, wann der Wäschewagen ankam, um die Wäsche zu bringen.
Ich nahm an, dass sie in der Früh und am
Abend gebracht wurde, also der Zeitpunkt war
jetzt nicht schlecht. Es war 18 Uhr 30 und vielleicht hatte ich Glück.
Ich stellte an eine Seitenstraße, um nicht näher
aufzufallen, verblieb aber im Auto, da es sicherer war, als vor dem Tor auf und ab zu gehen.
Es waren zwei Wachen am Haupteingang, und
beide waren schwer bewaffnet.
Ein großes Tor machte unmissverständlich klar,
dass es nicht leicht war, das Gefängnis zu betreten.
Ich wusste auch nicht, wann der Wagen kommen würde, um die Wäsche abzuholen.
Ich entschloss mich, doch nicht im Auto zu
bleiben, ich musste die Situation genau beobachten.
Was wäre, wenn der Wagen nicht direkt vor
dem Gefängnis stehen bliebe, sondern rundher-
um fuhr, um dann beim Hintereingang die Wäsche abzuladen.
Auch das musste ich in Betracht ziehen.
Ich ging also langsam am Gefängnis vorbei und
versuchte mir alles genau einzuprägen.

Wo welches Tor war und wo die Wächter standen.

Ich wusste genau, dass ich als Cop gegen das Gesetz verstoßen würde, aber um die Wahrheit ans Licht zu bringen, blieb mir nichts anderes übrig.

Ich ging also rund um das Gebäude und versuchte den Hintereingang zu finden.

Es erwies sich als unmöglich, da dort, wo die Straße aufhörte, das Gefängnis rechts weiter reichte. Und dieser Teil war mit sieben Meter hohem Stacheldrahtzäunen umspannt und völlig undurchsichtig.

Aber in jedem Gefängnis kamen die Lieferungen nicht am Haupteingang an, sondern wurden immer hinter dem Gebäude abgeladen, es musste also eine Straße dorthin führen.

Ich konnte aber nicht weiter, da sich genau vor mir der Zaun empor hob, und rüber zu klettern hielt ich für keine gute Idee

Ich drehte wieder um und versuchte es von der anderen Seite.

Ich ging aber die Straße gerade zurück, und bog bei der nächsten Seitengasse ab, um nicht am Haupttor vorbei zu müssen.

Es war durchaus möglich, dass mich eine der Wachen erkennen könnte.

Die Stadt war nicht so groß und wäre nicht unwahrscheinlich, wenn mich ein Wachposten vom Revier kannte.

Ich bog also in der nächsten Seitengasse wieder Richtung Gefängnis und ging diesmal von der anderen Seite darauf zu.

Ich hatte Glück, der Hintereingang war genau vor mir.

Es befand sich eine kleine Zufahrtsstraße dorthin, die aber nicht asphaltiert war.

Sie war schwer zu erkennen, da sich das Gras auf die Spur legte und es somit fast nicht möglich war, die Spur auszumachen.

Aber wenn man es von der Nähe betrachtete, konnte man durchaus die zwei Spuren sehen, die sich die Reifen im Laufe der Zeit gemacht haben.

Es bestand also die Möglichkeit, dass hier die Ware ankommen würde und vom Hintereingang aus das Gefängnis mit Lebensmitteln und Wäsche versorgt würde.

Ich beschloss am nächsten Morgen nochmals herzukommen, um vielleicht einen Lastwagen zu beobachten, der in der Früh das Obst und Gemüse brachte.

Es war mir unangenehm, am helllichten Tage ständig vor dem Gebäude auf und ab zu gehen. Im Schutz der Dunkelheit fühlte ich mich etwas sicherer.

Ich ging also wieder zu meinem Auto und fuhr heim.

Kaum in der Wohnung angekommen, läutete das Telefon. Es war Monica.

„Jake, hast du schon was Neues von Howard erfahren?" Natürlich konnte nur sie so eine

Frage stellen, und ich war mir bei ihr nie sicher, ob sie solche Fragen nicht stellte, um mich absichtlich zu ärgern.

„Natürlich nicht, Monica. Du weißt ja, dass es verboten ist, Informationen an mich weiterzugeben, da ich mit Howard befreundet bin."

Und genau in dem Moment kam mir eine Idee.

„Hör zu Monica, ich darf ja weder hinein um ihn zu besuchen, noch bekomme ich Informationen. Aber du könntest doch..."

„Nein, Jake, wegen dir werde ich sicher nicht in Teufels Küche kommen! Denkst du, die wissen nicht, dass ich eine gute Freundin von Higgins bin? Ich werde mich wegen dir sicher nicht auf so etwas einlassen. Ich habe mich schon zu viel mit dir eingelassen, als ich dich geheiratet habe!"

Typisch Monica. Sie würde sich nie ändern. Anstatt einfach „nein" zu sagen, hielt sie mir das jetzt auch noch vor.

„Okay, dann lass es. Es war ja nur ein Vorschlag von mir. Gute Nacht, Monica!"

Ich hatte keine Lust, mit ihr weiter zu diskutieren, der Tag war so schon sehr anstrengend für mich.

Ich kippte noch einen Scotch und legte mich dann schlafen.

Am nächsten Morgen es war gerade mal vier Uhr in der Früh, da läutete auch schon der Wecker.

Mit einem Murren beförderte ich den Schlaf-
räuber an die Wand, wo er sofort verstummte,
als er an der Wand aufschlug.
Ich quälte mich aus dem Bett und suchte meine
Hose.
Es war noch stockdunkel und ich hasste es, so
früh aufzustehen.
Aber ich machte es für Howard, und dieser
Gedanke allein trieb mich dazu, meinen Körper
in Richtung Kleiderschrank zu bewegen.
Ich zog eine schwarze Hose und einen schwarzen Pullover an, um mich etwas zu tarnen in der
Dunkelheit. Nachdem ich mir noch schnell
einen Kaffee gemacht hatte, in der Hoffnung,
damit meine Müdigkeit zu unterdrücken, fuhr
ich los.
Es war überhaupt kein Verkehr auf der Straße
und sogar die Ampeln blinkten regelmäßig nur
gelb.
Die ganze Stadt schlief noch, und ich hatte das
Gefühl, ich wäre der einzige, der um diese Uhrzeit schon munter war.
Ob es wirklich so gut war, um diese Uhrzeit vor
dem Gefängnis stehen zu bleiben, bezweifelte
ich allerdings mittlerweile.
Ich erregte auf jeden Fall mehr Aufsehen, wenn
ich alleine auf der Seitenstraße stand, als mit
zusätzlichen anderen Autos.
Aber in der Seitengasse, in der ich mich befand,
war weit und breit kein Auto zu sehen.
Ich schaltete meine Lichter ab, um etwas näher
an den Gefängniszaun heranfahren zu können.

Der Kaffee hatte so gut wie gar keine Wirkung, und da mich der Schlaf noch immer quälte, empfand ich es als bequemer, wenn ich etwas näher heranfahren würde, um nicht so weit gehen zu müssen.

Ich stellte mein Auto also in sicherer Entfernung ab und ging Richtung Hintereingang.

Ich sah von der Weite, wie ein Wachposten patrouillierte, der dies aber ziemlich langsam tat.

Was mich übrigens nicht verwunderte. Ich würde genauso langsam gehen um diese Uhrzeit.

Ich schlich mich etwas näher heran und duckte mich, um nicht gesehen zu werden.

Das Gras war beim Zaun relativ hoch und bot mir eine gute zusätzliche Deckung.

Das es noch ziemlich kalt war, fiel mir auch gerade auf, ich bekam am ganzen Körper eine Gänsehaut und mich fröstelte es.

Ich kauerte mich also noch mehr zusammen, um meine Körperwärme nicht so schnell zu verlieren.

Ab jetzt hieß es warten, ob ich wollte oder nicht.

Es machte mir ja nichts aus. Ich musste ja schon öfters Verdächtige observieren, aber da saß ich meistens gemütlich im Auto und hatte Knabberzeug dabei, und ich löste dabei meistens Rätsel, um mir die Zeit zu vertreiben.

Doch in aller Früh bei dieser Kälte auf einen Lieferwagen zu warten - wobei ich ja nicht mal wusste, ob er überhaupt ankommen würde -, dämpfte meine Laune schon etwas.

Es war jetzt kurz vor vier Uhr und nichts tat sich.

Ich schaute dem Wächter zu, der ständig seine Runden drehte, und bewunderte ihn insgeheim für dieses Durchhaltevermögen, das man zweifellos brauchte.

Um meine Gedanken etwas abzulenken, fing ich an, die Schritte zu zählen, die er benötigte, wenn er sich umdrehte und die gleiche Strecke zurücklief. Ich zählte und zählte, und merkte, wie meine Augen immer schwerer wurden, bis es dunkel wurde.

Ich wurde unsanft mit einem Schuh geweckt.

„Verschwinde hier! Wir brauchen keine Penner!"

Ein Fußgänger ließ seinem Frust freien Lauf und gab mir mithilfe seiner Füße zu verstehen, was er von schlafenden Leuten hielt, die an Gehsteigen lagen.

Ich kam nur langsam zu mir und wusste im ersten Moment gar nicht so recht, wo ich war. Ich schüttelte mich mal durch, um meinen Körper mit Sauerstoff zu versorgen.

„Verdammt, ich bin eingeschlafen!", fluchte ich.

Ich schaute auf die Uhr. Es war kurz vor sechs Uhr.

Ich hatte fast zwei Stunden verschlafen!

Mein erster Blick fiel in Richtung Wärter, der ja eigentlich schuld daran war, dass ich eingenickt bin.

Er ging noch immer auf und ab, und ich war mir sicher, dass in der Zwischenzeit kein Lieferwagen zugefahren war.

Ich beschloss es für heute sein zu lassen, da um die Uhrzeit sicher keine Anlieferungen mehr kommen würden.

Ich streckte mich und merkte, dass es nicht gerade angenehm war, zwei Stunden auf dem Asphalt zu schlafen. Mir tat jeder Knochen weh, was verständlich erschien, wenn man auf Asphalt schlief.

Ich ging also zu meinem Fahrzeug und setzte mich auf den Sitz, musste mich aber erst langsam daran gewöhnen, dass ich ziemlich unsanft geweckt worden war.

Ich startete den Motor und fuhr los.

Als ich gerade aus der Seitenstraße hinaus fuhr, kam mir ein weißer Lieferwagen entgegen.

Ich war aber noch so schlaftrunken, dass ich es eigentlich nur beiläufig mitbekam. Erst 50 Meter weiter stieg ich ziemlich hart auf die Bremse. Ich drehte mich um und sah tatsächlich einen weißen Lieferwagen in Richtung des Gefängnisses fahren.

Sofort drehte ich um und verfolgte ihn, soweit es möglich war.

Ich hatte doch noch Glück, es war eine Lieferung für das Gefängnis.

Der LKW hielt vor dem Tor und wartete, bis es aufging, dann setzte er sich langsam in Bewegung und sogleich wirbelte er die trockene Erde auf, die sich sofort als Staubwolke bemerkbar machte.

Nachdem ich wieder etwas in Deckung gegangen war, beobachtete ich das Treiben von der Ferne aus. Ich hatte wirklich Glück, der Lieferwagen brachte eine ganze Ladung voller Wäsche.

Der Fahrer öffnete die Bordwand und schob die Wäsche in zwei Meter hohen Gitterkörben von der Rampe auf den Vorplatz, um sie dort abzustellen.

Ich beobachtete den Wachposten, der dem ganzen aber nicht viel abgewinnen konnte, er stand gute zehn Meter von dem Lkw entfernt und rauchte eine Zigarette.

Es war also nicht unmöglich, mithilfe eines Wäschewagens ins Gefängnis zu kommen.

Mich wunderte es ein wenig, da ich dachte, dass die Sicherheitsvorkehrungen streng verschärft worden waren, nachdem Blake eben auf diese Art und Weise ausgebrochen war.

Aber als ich dies sah, wurde meine Theorie bestätigt: Der Ausbruch war inszeniert, daran bestand jetzt kein Zweifel mehr. Es wurde auch in keiner Zeitung darüber berichtet, was mich damals schon sehr verwunderte.

Als ob es gar nicht passiert wäre.

Ich sah dem ganzen noch ein wenig zu und beschloss dann, am nächsten Tag meinen Plan in die Tat umzusetzen.

Ich war ziemlich nervös, denn wenn ich erwischt würde, könnte ich mich gleich zu Howard in die Zelle dazugesellen.

Auch stellte ich mir immer mehr die Frage, ob es das alles Wert sei für Howard.

Ich mochte ihn und ich wusste, dass er unschuldig war, aber trotzdem hatte ich Zweifel.

Theoretisch war der Plan durchführbar, aber ich müsste soviel einkalkulieren, das ich noch gar nicht wissen konnte, da schien es mir fast unmöglich, einfach so zu Howard reinzuspazieren.

In die große Wäschekammer hinein zu kommen, war sicher nicht das Problem, aber in den Hochsicherheitstrakt zu kommen, war schon etwas anderes.

Ich hatte ja gehofft, dass Monica mir den Gefallen tun würde, aber nachdem sie mir so nett am Telefon erklärte, was sie davon hielt, ließ ich diesen Gedanken einfach fallen.

Ich fuhr heim in meine Wohnung und wurde immer unruhiger.

Ich spulte den Plan immer und immer wieder in meinem Kopf ab, um keinen Fehler zu begehen.

Ich war noch nie in dem Gefängnis, obwohl ich sicher schon an die 100 Verbrecher dort eingebuchtet hatte.

Dennoch hatte ich keine Ahnung, in welchem Raum sich was befand, und wie ich überhaupt nur in die Nähe von Howard kommen sollte.

Je mehr ich darüber nachdachte, desto unsicherer wurde ich.

Ich konnte nichts ausschließen, und genau das machte mir Kopfzerbrechen.

„Jake du schaffst das!" Ich sprach mir selber Mut zu, um nicht völlig aus der Fassung zu geraten.

Da ich etwas Ruhe benötigte, trank ich einen Scotch, der mir in solchen Situationen immer sehr behilflich war.

Ich legte mich auf die Couch und starrte auf die Decke.

Ich war mir noch gar nicht bewusst, was ich da eigentlich vorhatte, und meine Stimmung schwankte von „Das ist ein Kinderspiel" bis „Das ist unmöglich."

Aber wenn ich Howard nicht half, dann tat es keiner, und genau das machte mir Mut.

Ich schlief nicht sehr gut und träumte davon, dass ich erwischt wurde und selber im Gefängnis saß.

Der Wecker entriss mich sogleich aus meinem Traum, und diesmal war ich eigentlich fast froh darüber, dass er läutete, da mein Traum dadurch unterbrochen wurde.

Es war genau 4 Uhr 40. Ich stellte mir den Wecker absichtlich so früh, ein um nicht zu spät dort zu sein. Ich trank einen ziemlich starken Kaffee, um nicht wieder einzuschlafen und so unsanft geweckt zu werden, wie beim letzten Mal.

Mein Gewand hatte ich auch schon vorbereitet. Wieder alles in schwarz.

Nachdem ich mich fertig angezogen hatte, schaute ich noch einmal eine Runde durch meine Wohnung. Ich hatte ein mulmiges Gefühl und vielleicht war es ja das letzte Mal für eine lange Zeit, dass ich hier sein konnte. Ich verwarf den Gedanken, um mich nicht noch mehr ablenken zu müssen, und vielleicht doch noch einen Rückzieher zu machen. Ich fuhr langsam los, ich hatte ja noch etwas Zeit, also musste ich mich nicht beeilen.

Es war eigentlich sehr angenehm in der Früh durch die Stadt zu fahren, weit und breit kein Verkehr, kein Hupen und kein Stau. Es wirkte alles so friedlich und verträumt. Die Ampeln blinkten ihr gelbes Licht im gleichen Rhythmus und vereinzelt sah man ein Auto, das gemächlich vor sich hinfuhr.

Es war schön die Stadt mal von einem anderen Blickwinkel aus zu betrachten, als aus dem, den man gewohnt war.

Aber vielleicht dachte ich auch nur so, um mich abzulenken. Aber wenn, dann half es. Ich war für einen kurzen Moment nicht aufgeregt.

Das änderte sich aber schnell, als vor mir die Umrisse des Gebäudes auftauchten, in welches ich vorhatte, einzubrechen.

Ich schwitze, wenn ich daran dachte, was alles schiefgehen könnte, aber ich versuchte, so gut es ging, den Gedanken nicht weiter zu verfolgen.

Ich stellte mein Auto in der nächsten Gasse ab und ging, wie schon den Tag zuvor, das letzte Stück zu Fuß weiter.

Ich kauerte mich an derselben Stelle nieder, an der ich schon einen Tag zuvor war, und beobachtete die Wache.

Es war sehr ruhig, und das einzige Geräusch, das ich hörte, war das Zirpen der Grillen und mein Atmen.

Ich atmete ziemlich schwer. Das war auch verständlich, ich war nervöser, als ich zugeben wollte.

Es war jetzt kurz vor halb sechs, und wenn der Lieferwagen pünktlich war, sollte er in der nächsten halben Stunde auftauchen.

Ich versuchte mich so ruhig wie möglich zu verhalten und beobachtete den Posten ganz genau.

Diesmal würde ich sicher nicht einschlafen, dieser Fehler sollte mir kein zweites Mal passieren.

Ich setzte mich auf den Gehstieg, da mir von der geduckten Haltung die Oberschenkel schon ziemlich brannten.

Ich sah, wie sich die Sonne langsam emporhob und die Dunkelheit verdrängte. In meiner Position war es aber noch stockdunkel, und ich versteckte mich geschickt hinter den Grashalmen, die im Morgenwind leicht hin und her schaukelten.

Der Wachposten machte seine monotone Arbeit ohne Unterbrechung, und manchmal hatte ich den Eindruck, dass er dabei schlief, aber sein Körper im Laufe der Jahre diese Bewegungen so verinnerlicht hatte, dass er es schaffte, dabei zu schlafen und trotzdem dem Rhythmus zu folgen.

Ich schmunzelte bei dem Gedanken daran, wenn es wirklich so wäre, konzentrierte mich aber dann gleich wieder auf mein eigentliches Ziel.

Es war jetzt kurz vor sechs, und jeden Moment sollte der LKW ankommen und die Wäsche bringen.

Da hörte ich von der Ferne schon das Motorengeräusch des Lieferwagens.

Ich kauerte mich zusammen, um nicht aufzufallen und wartete, bis er näher ran kam.

Es war ein behäbiges und langsames Fahren des Transporters, was mir aber zugute kam, da ich dann mehr Zeit hätte, um auf den Wagen aufzuspringen.

Da kam er an mir vorbei. Ich stand sofort auf und rannte ihm nach, ich versuchte sofort, in der Mitte der Ladewand zu bleiben und nicht seitlich nachzulaufen, da mich sonst der Fahrer des Wagens im Rückspiegel sehen hätte können.

Mit einem leichten Quietschen hielt der Wagen vor dem Tor und wartete, dass der Wärter ihm öffnete.

Das war meine Chance. Ich robbte unter den Wagen, drehte mich schnell auf den Rücken und versuchte mich an den Bremsleitungen festzuhalten, um auf das Gelände zu kommen.

Es war nicht so einfach, da es unterhalb des Fahrzeuges ziemlich heiß war und ich versuchen musste, nicht an den Auspuff zu kommen, um mich nicht zu verbrennen.

Ich verspreizte mich an den Seitensträngen des Bodens und fand Halt gleich unterhalb des Auspuffs.

Es war ziemlich heiß, und genau in dem Moment, als ich versuchte, mich anders zu positionieren, fuhr der Wagen los.

Ich konnte mich gerade noch festhalten, spürte aber die Hitze des Auspuffs, die permanent mehr wurde.

Meine Haut wurde immer heißer und ich hatte das Gefühl, das sie schmolz, ich wollte laut schreien vor Schmerzen, was natürlich nicht möglich war.

Die holprige Straße tat ihr übriges, und ich hatte große Mühe, nicht loszulassen.

Mein Griff lockerte sich mit jedem Schlag, den die Straße sofort an die Reifen weitergab, und das Auto zum Schaukeln brachte.

Ich versuchte, irgendwie nach vorne zu blicken, was aber unmöglich war, da ich ja kopfüber hing.

Ich krallte mich, so gut es ging, fest und hoffte, dass der Wagen bald anhalten würde.

Mein Wunsch wurde erhört und ich merkte an dem Quietschen der Bremsen, dass ich es zumindest bis dahin geschafft hatte.

Mit einem leichten Ruck blieb das Fahrzeug stehen.

Ich wartete noch in der Position, obwohl es mir ziemlich schwer fiel, nicht loszulassen.

Der Fahrer kletterte aus der Kabine und sprang auf den Boden.

„Guten Morgen, Robert. Ruhige Nachtschicht gehabt?"

„Guten Morgen, Jonathan. Ja, war ruhig, nur die verdammten Vögel werden es nie lernen, dass der Zaun elektrisch geladen ist. Sie setzen sich jedesmal drauf und flattern dann wie wild mit den Flügeln, wenn sie eine Ladung Strom bekommen.

Und ich erschrecke mich jedes Mal fast zu Tode wegen den Biestern. Jede Nacht dasselbe!"

Der Wachposten lachte und schüttelte den Kopf.

Der Fahrer, der die Wäsche brachte, lachte mit und ging zur Seite des Wagens, an der sich die Elektronik der Bordwand befand. Mit einem leichten Ruck spürte ich, wie sich die Rück- wand langsam öffnete.

Ich ließ mich jetzt langsam zu Boden sinken und versuchte, unter die Bordwand zu kommen, um dort einen sicheren Schutz zu haben.

Langsam kroch ich unter die Schräge und hörte, wie der Fahrer anfing, den ersten Wäschewagen aus dem LKW zu rollen.

Ich versuchte seitlich von der Laderampe das Geschehen zu beobachten, um mir ein Bild machen zu können, wann ich mich verstecken konnte.

Der Wachposten begleitete den Fahrer mit dem Wäschekorb den ganzen Weg entlang bis zum Hintereingang und half ihm dann, das letzte Stück hinaufzuschieben.

Es waren also beide für einen kurzen Augenblick in der Halle, und genau diesen Moment musste ich nutzen, um dann ungehindert ins Innere des Gebäudes zu gelangen.

Ich verweilte also noch unter der Rampe und wartete auf die beiden, bis sie wieder zurückkamen.

Meine Nervosität ging von Minute zu Minute mehr zurück, was mich sehr wunderte, da ich erst einen kleinen Erfolg verbuchen konnte und ich es noch nicht mal geschafft hatte, ins Innere vorzudringen.

Vielleicht war es auch die Konzentration, die meine Aufregung überspielte, aber so oder so, war ich erstaunlich ruhig.

Ich hörte wie der Fahrer und der Wachposten sich angeregt unterhielten und langsam wieder Richtung LKW kamen.

Ich versuchte so leise wie möglich zu atmen, was aber zur Folge hatte, dass ich dann schneller atmen musste, da ich ja flacher atmete und dadurch weniger Luft bekam.

Schon begann der Wäschelieferant mit dem zweiten Korb und der Lärm der Rollen, die sich auf dem Boden des Autos mit einem lautem Quietschen bemerkbar machten, übertonten bei

weitem mein Atmen, das schon dringend not-
wendig war.

Nachdem ich tief Luft geholt hatte, beobachtete
ich die beiden, wie sie sich wieder auf dem
Weg Richtung Lagerhalle machten.

Ich wollte auf Nummer sicher gehen und wartete, bis sie sich in der Halle befanden.

Sofort nachdem ich sah, dass sich beide in der
Halle befanden, schlüpfte ich seitlich von der
Rampe hinaus und sprang ins Innere des Lie-
ferwagens.

Die Wäschekörbe waren oben alle mit einem
Tuch verschlossen, und ich hatte große Mühe,
diese zu öffnen, da sie auf der Seite mit einem
Knoten zugemacht waren.

Ich versuchte zwei Knoten zu entwirren, was
mir zum Glück schnell gelang. An dem Wäschekorb, der danebenstand, stütze ich mich auf
und fiel kopfüber in einen Haufen voller Polster.

Ich versuchte mich ganz nach unten durchzu-
wühlen, falls einer vom Gefängnispersonal auf
die Idee kommen sollte, die Wäsche zu kontrollieren. Die Stimmen wurden immer lauter, und
es war nicht gerade einfach, sich schnell und
trotzdem ruhig durch diesen Berg voller Kopf-
polster zu graben.

Beide waren wieder bei dem Wäschewagen
angekommen, ich versuchte mich so wenig wie
möglich zu bewegen. Da ich aber von allen
Seiten mit Polstern bedeckt war, fiel es nicht
auf, wenn ich kleinere Bewegungen machte,

dennoch versuchte ich stillzuhalten, um nichts Verdächtiges zu machen.

Ich hörte den Fahrer mit den Polizisten etwas murmeln, aber die Federn waren nicht nur ziemlich warm, sondern auch ziemlich isolierend.

Ich konnte nur ein Murmeln der beiden vernehmen, mir war es aber nicht möglich, das Gespräch mitzuhören.

Plötzlich, mit einem Ruck, setzte sich mein Wagen in Bewegung, ich erschrak ziemlich und stieß einen Laut aus, den sie aber zum Glück nicht hörten.

Es war sehr holprig und nicht gerade angenehm, so herumgeschleudert zu werden, aber nach einer kurzen Strecke, spürte ich wie der Wäschewagen mit einem Rums an die anderen Wägen anstieß, die schon in der Halle waren.

Ich versuchte einen kurzen Blick auf die Halle zu erhaschen, indem ich die beiden Leintücher, die längs nach gespannt waren, in der Mitte auseinander zu ziehen.

Viel konnte ich nicht sehen, da vor mir eine ganze Reihe von Körben in der Halle standen, die allesamt mit Wäsche oder ähnlichen Sachen gefüllt waren.

Der Wachposten war mein eigentliches Ziel, da ich ja nicht wusste, wo er sich gerade befand.

Um mein Vorhaben nicht zu gefährden, beschloss ich so lange zu verharren, bis ich sicher war, dass der Wachmann seinen Dienst verrichtet hatte.

Es wurde ziemlich heiß zwischen den Polstern, was ja nicht verwunderlich war, da ich ja in einem Meer voller Daunen lag.

Ich schielte durch den kleinen Spalt und versuchte mich etwas weiter nach vorne zu begeben, um meinen Kopf rauszustrecken.

Ich hoffte, dass ich dadurch hören konnte, wo sich der Wachmann gerade befand. Kaum steckte ich meinen Kopf durch das Laken, sah ich keine 30 Zentimeter von mir entfernt den Wachmann mit einem Lieferanten.

„Komm, wir holen uns noch einen Kaffee, bevor ich fahre. Ich muss dir was erzählen."

Der Fahrer des Lastwagens nahm den Wächter an der Schulter und nahm ihn mit sich.

„Jetzt komm mit, ich gebe einen aus."

Widerwillig ging der Wärter mit, und verschwand rechts in einem Raum.

Eine Zeitlang wartete ich noch, ob er vielleicht zurückkam, aber nachdem sich nichts rührte, kroch ich aus dem Wäschekorb und schaute mich um.

Die Halle war nicht so groß, wie ich erwartete hatte.

Sie war nur randvoll mit verschiedensten Sachen, die man so im Gefängnis brauchen könnte.

Die Unordnung kam mir sehr gelegen, da ich dann jederzeit, falls ein Sicherheitsdienst kommen sollte, ein Versteck vorfinden würde.

Der einzige Aufgang, den ich sah, war am anderen Ende der Halle, also ging ich langsam und geduckt in die Richtung des Stiegenaufgangs.
Ich band mir einen Fetzen, der am Boden lag, um die Schuhsohlen, damit es nicht bei jedem Schritt so hallte.
Durch die Größe der Halle war es ein Leichtes, jede Person zu hören, die in meine Nähe kam.
Der Hall verriet sie sofort.
Geduckt und bedächtig jeden Schritt setzend, ging ich langsam zum Aufgang.
Die Wachen waren auf ein Minimum besetzt, da die Nachtschicht am meisten Personalkosten verursachte und man dabei am meisten sparen konnte.
Der Wächter dürfte der einzige in dem ganzen Block gewesen sein, ich konnte weder Stimmen, noch Schritte, noch sonst irgendeine Art von Geräuschen wahrnehmen, die auf etwas anderes hindeuteten.
Beim Stiegenaufgang angelangt, konnte man links hinunter zum Keller gehen, und rechts oben dürfte sich die Wäschekammer befinden.
Zumindest was die Auffahrtsrampe betrifft, die sich dort befand.
Ich beschloss mich in der Wäschekammer umzusehen. Da von dort ja der Transport in die Zellen geschah, erschien es mir logisch, hier den kürzesten Weg zu haben, um Howard zu besuchen.

Ich ging die Rampe hinauf und kam in einen
großen weißen Raum, der voll mit Regalen war,
die an die fünf Meter hoch waren.
Hier stapelten sich Handtücher, Matratzen,
Leintücher, und alles andere, was irgendwie mit
Sanitär zu tun hatte.
Und es standen Unmengen von eigenartigen
Truhen dort, die an die zwei Meter lang und
etwa einen Meter breit waren. Ein paar standen
am Boden und ein paar waren in eine Rollvor-
richtung eingeklemmt, die aus einem schwarzen
Metallgestell bestand, und unten mit vier Lenk-
rollen ausgestattet war.
Die Truhen waren etwa ein Meter tief und ein
paar davon bis zum Rand mit Handtüchern
gefüllt.
„Mit denen werden die Häftlinge versorgt",
dachte ich mir. Es müsste also möglich sein,
mit der Truhe in den Block zu gelangen, indem
sich Howard befand.
Die Frage war nur, wie ich das anstellen sollte.
Plötzlich hörte ich Schritte, ich schaute mich
schnell nach einem Versteck um, konnte aber
nichts Passendes finden.
Die Schritte wurden immer lauter und auch die
Stimmen hörte ich schon ganz deutlich.
In meiner Panik sprang ich in eine Truhe, legte
mich flach hin, nahm den ersten Stapel Leintücher, der gleich neben mir im Regal lag und
deckte mich damit zu. Der Wagen rollte mit ein
Stück nach hinten und blieb an der Waschmaschine stehen. Genau in dem Moment, als der

Wagen an der Waschmaschine ankam, betraten zwei Personen den Raum.

Ich konnte nichts sehen, war mir aber sicher, dass ich jetzt erwischt werden würde, da mein Herz bis zum Hals schlug und ich kaum Luft bekam, da der Stapel Leintücher ziemlich schwer war und kaum genug Luft durchließ. Es war schwierig für mich, überhaupt zu atmen. Die Leintücher drückten auf meine Brust und Lunge, und wurden von Sekunde zu Sekunde schwerer.

Mit aller Kraft stemmte ich den ganzen Stoß zur Seite und verschaffte mir dadurch wenigstens einen kleinen Spalt, der mich atmen ließ.

Ich konnte die zwei Wächter laut und deutlich sprechen hören, aber sie waren zu beschäftigt und unterhielten sich angeregt über ein Fußballspiel, welches am Vorabend stattgefunden hatte.

Sie bemerkten mich nicht, was mein Glück war. Nach ein paar Minuten gingen sie wieder, und als die Luft rein war, schaute ich vorsichtig um mich herum, konnte aber nichts Auffälliges entdecken.

Also kletterte ich aus der Kiste heraus und ging in den nächsten Raum.

Mich wunderte, dass in so einem großen Gefängnis nicht mehr Wachpersonal vorhanden war, und ich wurde immer zuversichtlicher, dass mein Vorhaben, Howard zu besuchen, tatsächlich möglich war.

Der nächste Raum war anscheinend die Trockenkammer.

Zumindest roch es danach. Es war ein eigenartiger Geruch, der eine Mischung aus Schweiß und frischer Wäsche nach sich zog.

Nicht gerade angenehm, sich dort für längere Zeit aufhalten zu müssen. Dieser Raum war um die Hälfte kleiner als der Waschraum, aber auch hier stapelten sich tonnenweise Wäscheberge.

Ich beobachtete ihn aber nicht weiter, da ich am Ende davon ein Treppenhaus erkennen konnte.

Es führte einen Stock weiter hinauf in die Küche, und genau dort wollte ich hin.

Mein voriger Plan wäre eigentlich gewesen, mich als Wäschebote auszugeben, aber ich war mir nicht sicher, ob diese auch bis in den Zellentrakt vorstießen, in dem Howard saß.

Die Essensausgabe machten die Köche in Begleitung eines Polizisten, das wusste ich, da wir das in der Ausbildung lernten.

Es war die einzige Methode überhaupt, um mit Howard zu sprechen.

Ich stand im Treppenhaus und der Geruch von Fett stieg mir unweigerlich in die Nase.

Die Richtung stimmte also.

Vier Treppen weiter oben befand sich eine Türe, auf der mit großen Buchstaben „Umkleideraum" stand.

Ich spähte hinauf, ob kein Koch da war, sprang schnell die Treppen hinauf und verschwand hinter der Türe.

Auch jetzt hatte ich Glück, es war kein einziger
Mensch im Raum, und vor dem ersten Spind
lagen fein säuberlich eine weiße Hose, ein T-
Shirt,und gleich daneben eine Kochschürze.
Ich zog mich schnell um und versteckte mein
Gewand unter der Bank.
Genau in dem Moment, als ich mir das T-Shirt
anzog, öffnete sich die Türe.
„Was machst du hier?" Ein ziemlich beleibter
Koch, der über und über mit Fett bekleckert
war, schnauzte mich an.
„Ich bin die Aushilfe", antwortete ich „mein
Name ist Jake, äh Tom meine ich, Tom Blend."
„ Aushilfe, hä?" Der Fette musterte mich miss-
trauisch.
„Ich wusste gar nicht, dass wir eine brauchen.
Na dann steh mal nicht so rum und komm mit!"
Ich ging hinter dem Koch her, der sicher an die
180 Kilo auf die Waage brachte. Sein Shirt war
nassgeschwitzt bis auf den letzten Rest, und er
stank erbärmlich nach Schweiß, was in der Küche aber wahrscheinlich gar nicht weiter auffiel.
Wir gingen den Halbstock hinauf und waren in
der Küche angelangt, die sicher gute dreihun-
dert Meter lang war und an die 100 Meter breit.
Wie ein langer Schlauch reihten sich Herdplatten an Herdplatten, und auf jeder stand ein
Topf, aus dem heißer Dampf entwich. Es war
unerträglich heiß, und spätestens jetzt wusste
ich, warum der Koch so durchgeschwitzt war.
„Schau nicht blöd in der Luft herum! Dort hinten sind die silbernen Wagen! Hol einen davon

her, das Frühstück wird dort aufgeladen. Los jetzt, beweg dich!"

Ohne etwas zu erwidern, ging ich ans Ende der Küche und brachte den Wagen für das Frühstück.

„Hier Chef, da ist der Wagen!" Ich versuchte einen freundlichen Ton anzuschlagen, da ich seine Art überhaupt nicht ausstehen konnte.

„Na dann los, es gibt Rührei heute. Füll ihn voll und gehe dann damit nach hinten.

Dort hinten links ist ein Lift. Du fängst oben an, im Hochsicherheitstrakt, dort wartet ein Wachposten, der dich begleitet. Die Teller und das Besteck sind unter dir im Wagen, jeder Häftling bekommt genau zwei Portionen. Wenn du damit fertig bist, kommst du wieder her und machst das gleiche in jedem Stockwerk. Was gibt's da so blöd zu grinsen? Mach schon, oder soll ich dir Beine machen?!"

Ja, ich konnte mir ein Grinsen nicht verkneifen, ich wollte ja genau dort hin.

„Warum soll ich nicht auch einmal Glück bei etwas haben?", dachte ich mir und füllte den Wagen voll mit Rührei.

Es war ziemlich schwierig, das ganze Gefährt dorthin zu lenken, wo ich wollte, und nur mit Mühe schaffte ich es, wenigstens gerade auszufahren, um zu dem Lift zu gelangen.

Er machte, was er wollte, und er Boden war auch nicht gerade dafür geeignet.

Ich drückte im Lift den obersten Knopf und die Türe schloss sich.

Mit einem leichten Ruck setzte sich der Lift in Bewegung und nach ein paar Sekunden öffnete sich die Türe mit einem lauten Quietschen.

Der Wachmann wartete schon ungeduldig.

„Verdammt, wo bleibst du denn, wir sind spät dran!"

Ich zuckte nur mit den Schultern „Tut mir Leid, der Lift war defekt", antwortete ich.

„Los jetzt, wir müssen uns beeilen!"

Dieser forsche Ton war im Gefängnis anscheinend an der Tagesordnung, aber ich war ja nicht immer dort, also ignorierte ich es einfach.

Der Hochsicherheitstrakt bestand aus einem endlos langen Gang, der vielleicht nur drei Meter breit war.

Es war ziemlich eng und nicht gerade leicht, mit dem Wagen die Spur zu halten und nicht an die Gitterstäbe anzufahren.

Ich tat mein Bestes und der Wärter war auch nicht gerade sehr gesprächig, was mich aber keineswegs störte, denn je weniger ich reden musste, desto geringer war die Gefahr, dass meine Tarnung aufflog.

Die Essensausgabe fand auf dem Flur statt.

Ich tat, was der Koch sagte, und gab jedem Häftling zwei Portionen auf den Teller.

Der Wärter rief laut den Namen des Häftlings, und sobald dieser sich meldete, wurde eine kleine Schiebetüre, die direkt eingebaut war, geöffnet.

Durch diese Luke schob man den Teller mit dem Essen, und sobald der Gefangene es in die

Hand nahm, wurde sie sofort geschlossen und versperrt.

Es bestand keinerlei Möglichkeit, den Häftling zu sehen oder sonst irgendeinen Kontakt mit ihm zu haben.

Diese Prozedur ging ein paar Zellen lang so, aber von Howard keine Spur.

Hatte ich diesen ganzen Aufwand umsonst gemacht?

Mir wurde mulmig, und schön langsam kam auch Wut und Enttäuschung dazu.

War das wirklich alles umsonst?

Es gab insgesamt 43 Zellen und wir waren nun bei der Nummer 38. Einen Funken Hoffnung hatte ich noch, aber er war sehr gering. Wenn Howard in keiner Zelle war, befürchtete ich das Schlimmste.

Nachdem wir uns weiter vortasteten bis zur Zelle mit der Nummer 41, hatte ich doch noch Glück.

An der nächsten Türe stand auf dem Namensschild „Howard", mit der Häftlingsnummer daneben.

Es wunderte mich, dass jeder Häftling immer nur seinen Vornamen auf der Türe stehen hatte, aber ich nahm an, dies war psychologisch bedingt, um den Gefangenen zu zeigen, dass sie nichts wert seien.

Natürlich wusste ich jetzt nicht, ob es der Howard war, den ich suchte, denn es gab ja mehrere, die so hießen, aber im Hochsicherheitstrakt konnte ich bis jetzt keinen finden, mit dem gleichen Namen.

Ich musste mich irgendwie erkenntlich machen und hoffen, dass mich Howard an meiner Stimme erkannte.

Ich rollte den Wagen mit dem Essen schnell an die Zellentür, noch bevor der Wächter fertig war, die vorige abzusperren.

„Essensausgabe Howard!", rief ich lautstark.

Um sicher zu gehen, dass er mich erkannte rief, ich nochmals „Essensausgabe Howie, Essensausgabe Howie!"

Als der Wärter das hörte, lief er rot vor Zorn an und stapfte auf mich zu.

„Was machst du Vollidiot! Wenn hier einer etwas sagt, dann bin ich das, wenn du noch einmal deinen Mund aufmachst, ohne dass ich es dir erlaube, dann kannst du was erleben! Hast du mich verstanden?!"

„ Ja Sir, tut mir Leid, ich dachte…"

Ich war erschrocken, mit welcher Boshaftigkeit er mich behandelte.

„Du wirst hier nicht fürs Denken bezahlt, sondern fürs Helfen, also Schnauze jetzt!"

Ich hielt auch schon meinen Mund, aber ich musste es machen, damit Howard wusste, dass ich hier war.

Da meldete sich auch schon eine Stimme aus der Zelle.

„Bitte gebt mir das Essen."

Es war eindeutig Howards Stimme, das wusste ich sofort.

Ich gab ihm zwei Portionen auf den Teller und schob es durch die Luke.

„Bitte sehr", sagte ich noch dazu. Ich hoffte, dass Howard mich erkennen würde.

Nach einem kurzen Zögern antwortete er.

„Danke, ich habe schon einen Hunger. Ach, wär das schön, wenn ich jetzt mit Jake und Alan auf meiner Berghütte wäre. Alan ist dort und macht Ferien, ich wäre gerne bei ihr."

„Ruhe!" rief der Wärter, „gesprochen wird, wenn ich es sage!"

Mir fiel ein Stein von Herzen, Howard erkannte mich und gab mir den Hinweis, wo Alan war.

Sie war auf der Berghütte von ihm, ich wusste, dass er eine hatte. Er erwähnte es beiläufig, aber wo genau, das hat er mir nie gesagt.

„Ja, auf einer Berghütte wäre es jetzt schön, nicht?"

Ich richtete meine Frage an den Wärter, der mich nur böse anschaute, aber nichts erwiderte.

„Ja, in den Mountains oberhalb der Stadt beim Steinbruch auf meiner Berghütte. Gerne wäre ich jetzt dort"

Die Stimme von Howard drang aus der Zelle.

Ich hatte jetzt einen Anhaltspunkt und wusste, wo ich hin musste. Es hatte sich doch gelohnt, Howard zu besuchen.

Er hatte mir verraten, wo Alan sich versteckte, und das war mir schon eine große Hilfe.

Nachdem ich alle Häftlinge versorgt hatte, schickte mich der Wärter wieder in die Küche, um Nachschub zu holen und einen Stock weiter tiefer wieder von vorne anzufangen.

Nur, dass es diesmal nicht der Hochsicherheits-trakt war, sondern nur der Block mit der Sicherheitsstufe B.

Ich sagte ihm, ich werde in die Küche gehen und Nachschub holen, und so schnell wie möglich wieder da sein.

Also ging ich schnellen Schrittes mit dem leeren Essenswagen zum Lift und drückte auf den Knopf, um in die Küche zu gelangen.

Es herrschte reges treiben dort, ich nahm an, es waren gerade die Vorbereitungen für das Mittagessen im Gange. Ich wurde nicht beachtet und ein paar Mal unsanft zur Seite gestoßen.

In der ganzen Hektik fiel nicht auf, dass ich den Wagen einfach in der Ecke stehen ließ und durch die ganze Küche ging, um in die Garderobe zu gelangen.

Ich musste nur aufpassen, dass mich der fette Koch nicht sah, denn ich war mir sicher, er würde mich sofort für etwas einteilen, und das wollte ich auf keinen Fall.

So schnell wie möglich musste ich die Hütte finden, um zu Alan zu gelangen.

Ich ging den Halbstock hinunter zur Garderobe.

Mein Gewand lag noch unter der Bank, genauso wie ich es vorher hingelegt hatte.

Ich zog mich schnell um und versteckte die Hose und die Kochschürze auf dem Spind, um keinen Verdacht zu erregen.

Die würde man frühestens beim nächsten Abstauben finden, und bis dahin vergingen sicher noch ein paar Wochen.

„Wenn ich als Besucher rausgehe, schöpft niemand einen Verdacht", dachte ich mir.

Und es war am unauffälligsten, durch den Besucherausgang hinaus zu marschieren.

Der Besuchsraum war einen Stock weiter unten, das konnte ich im Lift sehen.

Er war ebenerdig.

Ich musste also nur eine Stiege weiter runter und von dort in die Besucherräume gehen, oder zumindest daran vorbei.

Es war ein Leichtes, den Gang zu finden und durch die Hintertüre direkt bei den Räumen für die Besucher hinauszukommen.

Ein paar Wärter gingen wortlos vorbei und beachteten mich nicht weiter.

Auch der Portier beim Besucherausgang drückte wortlos auf den Knopf, und ein paar Sekunden später sprang die Schwere Eisentüre aus dem Schloss.

Ich öffnete sie, grüßte nochmals freundlich zurück und schlenderte langsam durch den Hof bis zur Ausfahrt, wo sich der Schranken sowie der Parkplatz für Besucher befanden.

Der Wärter, der im Häuschen saß, um den Schranken zu bedienen, nickte nur kurz mit dem Kopf, als er mich sah.

Ich nickte höflich zurück und ging vorbei.

Nach etwas mehr als fünfzig Meter blieb ich stehen und drehte mich um.

Mir wurde erst jetzt bewusst, was ich da überhaupt gemacht habe, und was alles hätte passieren können. Und wie leicht es einerseits trotzdem war, welch Glück ich andererseits aber dabei hatte.

Ich atmete erleichtert durch und ging dann zu meinem Wagen, den ich in der Seitenstraße geparkt hatte.

Howard sagte mir, die Berghütte wäre in den Mountains beim Steinbruch. Er hatte das nur einmal erwähnt, dass er eine Hütte besitzt, aber das war schon viele Jahre her, und er erwähnte es nur beiläufig. Ich achtete damals nicht darauf und es fiel mir auch nur wieder ein, weil er es eben erwähnte.

Das Areal in den Mountains war riesig und der Steinbruch ebenso.

Dieser war schon seit Jahren stillgelegt, da sich der Abbau nicht mehr lohnte.

Ich war noch nie dort, und ob es eine Straße gab, wusste ich nicht.

Aber Alan versteckte sich dort, das war der Grund, warum ich dorthin musste.

Es war jetzt kurz nach Mittag, die Sonne brannte höllisch herunter, und mir war gar nicht danach, bei dieser Hitze die Hütte zu suchen.

Falls Alan oben war, dann wäre sie dort in Sicherheit. Warum Howard überhaupt wusste, dass sie oben war, das hinterfragte ich lieber nicht. Es würde noch mehr Fragen aufwerfen, als ohnehin schon da waren.

Ich fuhr in meine Wohnung und legte mich auf die Couch. Das Abenteuer im Gefängnis machte mich müde und nach einem Schluck Cognac schlief ich ein.

Schweißgebadet wachte ich auf.

Der Traum, den ich gerade hatte, war so realistisch, dass ich ein paar Minuten brauchte, um wieder in der Wirklichkeit zu sein.

Ich träumte, dass ein paar Männer die Hütte fanden, wo sich Alan versteckte.

Sie brachen die Türe auf und überraschten Alan im Schlaf. Im Hintergrund stand Higgins und lachte höhnisch.

Er sagte mit einem kalten Lächeln: „Bringt sie um und dann verschwinden wir!"

In dem Moment wurde ich wach.

Der Wecker neben meinem Bett zeigte drei Uhr in der Früh.

Es war noch stockdunkel draußen, aber ans Einschlafen war nicht zu denken.

Der Traum hatte mich wachgerüttelt und ich beschloss, Alan zu suchen.

Vielleicht war es eine Botschaft, und sie war in Gefahr, und wenn dem so sei, musste ich ihr helfen.

Ich zog mich an und ging zu meinem Wagen.

Die Mountains waren eine knappe Stunde entfernt, sie lagen auf einer Anhöhe hinter der Ranch von Howard. Ich beobachtete oft die Berge, wenn sie sich im Sonnenaufgang spiegelten und bizarre Schatten auf den Boden warfen.

Aber ich war noch nie dort gewesen, und ich wusste auch nicht, wie ich dorthin kommen sollte. Aber der Traum ließ mich nicht los. Je mehr ich darüber nachdachte, desto eher hatte ich das Gefühl, dass Alan etwas zugestoßen sein könnte.

Es herrschte Totenstille auf den Straßen, wie immer um diese Uhrzeit.

Die Ampeln waren auf ein Blinksignal eingestellt, und die Kreuzungen waren kaum befahren.

Ich war in zwanzig Minuten aus der Stadt draußen und bog auf die Landstraße ein, die mich zu der Ranch von Howard führte. Es war Halbmond, was mir nicht gerade sehr entgegen kam, da ich in weiter Ferne keine Umrisse der Berge erkennen konnte, und mir die Orientierung nicht gerade leicht machte.

Bis zur Ranch kannte ich ja den Weg, aber weiter bin ich noch nie gefahren, und ob ich überhaupt von dort auch nur in die Nähe der Mountains kam, wusste ich nicht.

Das Scheinwerferlicht des Wagens leuchtete die Fahrbahn nur halb aus und ich hatte alle Mühe, in der Spur zu bleiben.

Da mir aber um diese Uhrzeit kein Auto entgegen kam, benutzte ich auch die Gegenfahrbahn als meine und erleichterte mir dadurch etwas die Autofahrt.

Vor mir sah ich die Kuppel und da wusste ich, dass es nicht mehr weit war. Dann fuhr ich bei der Ranch vorbei. Der Schatten warf den

Grundriss des Gebäudes verzogen und zackig auf die Straße, und in der Dunkelheit sah das Anwesen düster und unheimlich aus.

Ich erinnerte mich an die Begegnung mit der Klapperschlange unter der Hütte, und dass mir Howard damals, obwohl er es gar nicht wusste, das Leben gerettet hatte.

Mir lief ein Schauer über den Rücken, als ich daran dachte, und so schnell wie möglich fuhr ich am Anwesen vorbei, um auf andere Gedanken zu kommen.

Nach ein paar Minuten auf der Landstraße sah ich schemenhaft die Berge, die sich von einem dunklen Umriss langsam, aber stetig, zu den Bergen formten, die ich suchte. Es waren drei Bergspitzen, die sich in den Himmel hoben. Wobei die linke kaum sichtbar war, da sie sich hinter der mittleren versteckte.

Die äußere Spitze war etwas größer als die in der Mitte, aber von der Ferne sah es so aus, als würden sich alle drei berühren und wären so dorthin gesetzt worden.

Ich hatte zwar die Berge jetzt im Blickfeld, aber den Steinbruch konnte ich noch nicht erkennen. Zwar wusste ich, dass er in der Nähe war, und ich wusste auch, dass er unterhalb der großen Bergspitze, die mittig herausragte, war.

Aber ihn in der Dunkelheit ausfindig zu machen, war gar nicht so einfach und das das Licht des Mondes allmählich hinter dem Bergmassiv verschwand, und der Mond immer kleiner wurde, wurde es, je näher ich den Bergen kam, immer dunkler.

Ich schaute auf die Uhr. Es war erst 4 Uhr 20, und bis die Sonne aufging, dauerte es sicher noch bis 7 Uhr.

Aber ich fuhr weiter und hoffte vielleicht, auch so in der Dunkelheit den Steinbruch zu finden.

Es war so dunkel, dass man die Hand vor den Augen nicht erkennen konnte. Und bei dieser Finsternis war es fast unmöglich, irgendeine Silhouette zu erkennen.

Doch ich fuhr weiter, da ich hoffte, wenn ich näher an den Bergen war, den Marmor des Steinbruches zu erkennen.

Die weißen Steine sollten sich trotz der Dunkelheit von dem schwarzen Granit abzeichnen, aus dem der Berg bestand.

Die Landstraße war öde und leer und außer den mächtigen Bergen, die sich rings umher türmten, bestand die ganze Landschaft aus einer einzigen trostlosen Wüste.

Der Traum fesselte mich noch immer und das war der einzige Grund, der mich noch wach hielt. Ich fuhr jetzt seit über einer Stunde in der Gegend herum, und die Berge vor mir kamen nur sehr langsam näher.

Es kostete Überwindung weiterzufahren, da ich merkte, dass mir der Schlaf fehlte und ich mich immer mehr konzentrieren musste, um meine Augen offenzuhalten.

Diese eintönige Landschaft und das spärliche Licht des Scheinwerfers taten das Übrige dazu.

Ich blinzelte öfters und drehte das Radio an, um mich damit wach zu halten.

Es half zwar ein wenig, aber den gewünschten Erfolg hatte dieses Unternehmen bei weitem nicht.

Ich beschloss, mich kurz an den Straßenrand zu stellen, um ein paar Minuten im Freien zu verbringen.

Die gute Luft würde mir sicher gut tun.

Ich stellte den Wagen an das Bankett und stieg aus.

Eine kühle Brise wehte durch die Steppe, und der Wind blies den Sand langsam von einem Ort zum anderen. Es war angenehm, den kühlen Hauch auf der Haut zu spüren, und ich genoss es.

Ich schlenderte um den Wagen herum und ging ein paar Schritte, um meinem Kreislauf wieder etwas in Schwung zu bringen. Nach ein paar Minuten fühlte ich mich etwas besser, oder zumindest hatte ich das Gefühl, nicht mehr so müde zu sein als vorher.

Als ich neben dem Wagen stand, spürte ich die Wärme, die vom Motor des Wagens ausging.

Ich setzte mich auf die Motorhaube und schaute in Richtung der Berge.

Sie kamen mir noch immer sehr weit weg und fremd vor, und ich wusste nicht einmal, ob ich überhaupt richtig war.

Vielleicht war ja der Steinbruch ganz wo anders und ich fuhr die ganze Zeit in die falsche Richtung?

Mein Blick streifte den Gipfel und wanderte von dort weiter nach links, wo sich die nächste Spitze hervorhob.

Als ich länger dorthin blickte und sich mein Auge daran gewöhnt hatte, dachte ich, die Wälder erkennen zu können.

Ich schaute genauer hin, um mich nicht zu täuschen, aber ich täuschte mich nicht.

Ich sah zwar nur die Umrisse der Wipfel, aber ich konnte genau erkennen, wie die Wipfel der Bäume sanft hin und her schaukelten.

Nach ein paar Minuten erkannte ich es noch genauer, und ich ließ meinen Blick durch die Wälder schweifen.

Vielleicht konnte ich ja den Steinbruch auch sehen, wenn ich genau hinschaute.

Ich tastete mit meinen Augen alles ab und wanderte von Baum zu Baum, in der Hoffnung, etwas weißes zu sehen.

Und wirklich, unter den Bäumen zeichnete sich ein Umriss einer Schotterstraße ab, oder zumindest dachte ich, dass es eine war.

Es flimmerte weiß durch den Wald, aber man musste ganz genau hinsehen, und wenn ich mich nicht darauf konzentriert hätte, würde ich es gar nicht bemerken.

Ich starrte auf den weißen Fleck, der langsam immer deutlicher wurde.

Es war ganz sicher der Steinbruch, das konnte ich jetzt genau erkennen.

Ich dämpfte die Zigarette aus, die ich mir soeben angezündet hatte, und stieg ins Auto.

Ein Gefühl der Freude durchströmte meinen Körper, ich hatte eigentlich die Hoffnung schon aufgegeben, da es mir unmöglich schien, den Steinbruch zu finden.

Aber das Schicksal wollte es anscheinend so und ich setze meine Fahrt fort.

Ich drückte jetzt etwas mehr aufs Gas und ließ dabei den Steinbruch nicht aus den Augen.

Es war zwar ziemlich schwierig, ständig auf die Straße zu achten und das Ziel nicht zu verfehlen, aber ich tat mein bestes.

Schön langsam näherte ich mich der großen Grube, und unweigerlich davon entfernt sollte die Berghütte von Howard sein, wenn er es mir richtig beschrieben hatte.

Nach knappen 20 Minuten war ich am Fuße des Berges angelangt.

Ich stellte mein Auto in eine Waldschneise.

Falls ich ungebetene Gäste bekommen sollte, war es ratsam, mein Auto nicht gleich zu sehen.

Direkt daneben waren Ansätze einer Forststraße zu erkennen, aber sie dürfte schon sehr lange nicht mehr benutzt worden sein, das Gras kam schon überall durch, und auch Sträucher suchten sich den Weg an die Oberfläche.

Aber man konnte noch die Furchen erkennen, die sich durch das Gewicht der Autos im Laufe der Zeit gebildet hatten. Ich beschloss, mein Glück dort zu suchen und ging die Straße entlang. Nach etwa 30 Metern führte sie direkt in den Wald hinein und die meterhohen Bäume ringsum dunkelten den Boden vollständig ab.

„Verdammt", fluchte ich, „hätte ich nur die Taschenlampe mitgenommen!"

Ich hätte dran denken können, aber der Traum hatte mich so verstört, dass ich an das überhaupt nicht dachte.

Es würde sicher noch gute zwei Stunden dauern, bis die Sonne aufging und ein paar Strahlen auf den Boden warf.

Der Mond war zwar jetzt genau hinter mir und warf ein spärliches Licht auf den Wald, aber das reichte bei weitem nicht aus, um mich gründlich umzuschauen.

Dennoch trieb mich der Gedanke, Alan zu finden, vorwärts, und ich versuchte so gut es ging der Straße nach weiterzugehen.

Der Steinbruch entfernte sich immer weiter von mir und ich ging immer tiefer in den Wald hinein.

Der Uhu gab seine Laute von sich und auch ein Rascheln hier und dort war öfters zu vernehmen.

So ganz wohl fühlte ich mich nicht, und auch wenn ich in meinen vielen Jahren als Cop schon einiges erlebt hatte, musste ich zugeben, dass ich in dieser Situation schon etwas Angst hatte.

Es war unheimlich, wenn man Geräusche hörte, die man ja eigentlich nur aus dem Fernsehen kannte, und plötzlich alles real wurde.

Auch das Licht des Mondes täuschte geschickt die eine oder andere Situation vor, bei der ich zusammenzuckte, da ich dachte, neben mir stünde ein Tier.

Was sich aber nach dem zweiten Mal Hinschauen nicht bestätigte.

Schön langsam, aber sicher, bereute ich es, sofort nach dem Aufstehen weggefahren zu sein, und nicht gewartet zu haben, bis es hell geworden war.

Aber nun war ich hier, ob ich wollte oder nicht. Die Straße ging nun anscheinend gerade weiter und ich wusste nicht mehr, wo ich war.

Als ich mich umdrehte, um vielleicht unten die Landstraße zu erkennen, auf der ich gekommen war, musste ich feststellen, dass ich schon mitten im Wald war.

Ich sah nur noch Bäume, egal, auf welche Seite ich schaute. Es war beklemmend, da ich nicht wusste, wo ich mich genau befand und ob ich noch auf der Straße war.

Der Boden war zwar noch hart und fest, aber die Spuren, die sich links und rechts durch das Befahren gebildet hatten, wurden stetig, aber langsam immer weniger und verliefen sich im Gras, das langsam aus dem Boden herauswuchs.

Ich gab es nicht gerne zu, aber ich hatte Angst und wusste nicht wovor.

Es konnte nicht mehr lange dauern, bis die Sonne aufging, aber noch war es stockfinster, und ich hatte kein Licht oder etwas Ähnliches, um den Aufenthalt im Wald etwas angenehmer zu machen, als er jetzt gerade war. Ich versuchte mich zu konzentrieren und auf der Straße zu bleiben, aber die war mittlerweile nicht mehr vorhanden.

Das Mondlicht warf nur noch einen Schatten vom Licht durch die Wipfel der Bäume, und ich hatte die Orientierung jetzt komplett verloren. Es war einfach zu dunkel, um weiterzugehen, ich hatte keinen konkreten Anhaltspunkt, an dem ich festhalten konnte.

Wenn ich jetzt zurückging, war alles umsonst, und das wäre Schade.

Also setzte ich mich unter einen Baum und lehnte mich an den mächtigen Stamm an, der sich gute dreißig Meter in den Himmel streckte. Ich starrte in die Nacht und ließ meine Gedanken schweifen.

„Warum wurde Howard eingesperrt, wenn er angeblich Kontakte bis ganz nach oben hatte?" Es wäre für ihn ein Leichtes, sofort aus dem Gefängnis rauszukommen.

Und warum kannte er Alan und wusste auch, wo sie war? Er gab mir sofort den Hinweis, als ich vor seiner Zelle stand und ihm das Essen überreichte.

Und es war auch seine Hütte, in der sich Alan versteckte, sie musste also irgendwie ständig in Kontakt mit Howard gewesen sein, sonst wüsste sie den Ort gar nicht ..."

Mir gingen zu viele Gedanken durch den Kopf, und das stände Grübeln machte mich müde.

Plötzlich schreckte ich hoch, neben mir lief ein Fuchs vorbei und war genauso überrascht wie ich, als ich ihn sah.

Als ich mich umschaute, merkte ich, dass es schon hell war, ich bin anscheinend eingeschlafen.

Schnell stand ich auf und versuchte mich zu konzentrieren.

Am Tag sah der Wald viel freundlicher aus, obwohl mir das auch nicht weiterhalf, da ich noch immer nicht wusste, wo ich war, und wie ich die Berghütte finden sollte.

Die Straße, die im Dunkeln kaum zu erkennen war, hob sich jetzt deutlicher ab und die Spur konnte man am Tag noch sehr gut sehen. Ich entschloss mich also, dem Pfad zu folgen da es für mich das einzige Logische war, um überhaupt irgendwo hinzukommen. Ich spazierte also weiter in den Wald hinein und schaute, ob ich irgendwo einen Hinweis auf die Hütte entdecken konnte, die ich suchte.

Aber ich fand nichts. Obwohl es hell war und ich der Straße nachging, konnte ich keinen Hinweis auf eine Holzhütte oder Ähnliches finden.

Mittlerweile fing ich zu zweifeln an, ob es überhaupt noch Sinn machte, danach zu suchen. Es war ja nur ein Traum, der mich dazu trieb, mich mitten in der Nacht ins Auto zu setzen und den Steinbruch zu suchen. Aber andererseits hatte ich ihn fast auf Anhieb gefunden, obwohl ich keine Ahnung hatte, wo er war. Und der Traum war so echt, dass ich nicht anders konnte, als so zu handeln.

Nun stand ich mitten im Wald und ringsherum sah ich nur Bäume, die zwar schön aussahen, mir aber keineswegs weiterhelfen konnten.

„Wenn Bäume nur sprechen konnten, sie hätten mir viel zu erzählen", genau dieser Spruch ging mir gerade durch den Kopf. Ich wusste nicht, ob ich weitergehen sollte oder nicht, es machte für mich einfach keinen Sinn, die Nadel im Heuhaufen zu suchen.

Also kehrte ich um und ging unverrichteter Dinge wieder den gleichen Weg zurück, den ich gekommen war.

Es ärgerte mich unheimlich, die Hütte nicht gefunden zu haben und den ganzen Weg umsonst gefahren zu sein.

Außer einer Portion frischer Waldluft würde ich nichts nach Hause bringen. Den Kopf gesenkt und leise vor mich hinfluchend spazierte ich den Pfad entlang in Richtung Auto.

Der Waldboden war nicht sehr gehfreundlich, und da ich mich mehr darauf konzentrierte, meinen Frust in Form von Schimpfsalven abzulassen, stolperte ich des öfteren über die Wurzeln der Bäume, die aus dem Boden wuchsen.

Nach knapp einer halben Stunde sah ich mein Auto auch schon am Rande des Steinbruches stehen. Ich ging etwas schneller, als ich es durch die Stämme sah.

Mein Frust hatte sich zwar schon etwas gelegt, aber dennoch hatte ich nicht vor, auch nur eine Minute länger da zu bleiben.

Es war schon deprimierend genug, umsonst hierher gefahren zu sein, und länger als nötig wollte ich mich auch nicht ärgern.

Beim Auto angelangt, drehte ich mich noch einmal um und starrte in den Wald hinein.

„Was soll's", sagte ich laut und stieg in den Wagen.

Nachdem ich den Motor startete, ließ ich mich langsam aus der Schneise hinunterrollen.

Ich gab kein Gas, der Wagen rollte auch so die Böschung hinunter. Der Weg war ziemlich holprig, das spürte ich nach den ersten Metern, als sich das Auto in Bewegung setzte. „Warum fiel mir das nicht beim herfahren auf, dass die Straße in so einem schlechten Zustand war", dachte ich mir. Aber ich schloss es darauf zurück, dass ich mitten in der Nacht aufgebrochen war und meine Sinne noch nicht ganz munter waren, und es einfach nicht vermittelten.

Langsam, aber sicher, rollte ich wieder der Landstraße entgegen, und irgendwie wich der Frust fast einer Erleichterung, den Trip halbwegs unbeschadet überstanden zu haben.

Mir war gar nicht wohl dabei gewesen, in der Nacht mutterseelenallein in einem Wald umherzuspazieren.

Und festen Asphalt unter den Rädern zu haben störte mich auch nicht wirklich.

Plötzlich fuhr ich über ein sehr großes Schlagloch. Die Stoßdämpfer ächzten unter der Wucht des Wagens, und da ich nicht darauf vorbereiten war, schlug mein Kopf ungebremst gegen das Lenkrad.

Für ein paar Sekunden war ich komplett weggetreten. Als ich wieder zu mir kam, schmerzte mein Nacken und mein Kopf fühlte sich an wie eine Boxbirne, auf die stundenlang nur eingeschlagen worden war.

Ich lehnte mich an die Nackenstütze des Sitzes, um wieder etwas zur Besinnung zu kommen. Mein Schädel brummte unheimlich, und ich sah noch immer ziemlich unscharf. Ich schaute auf den Himmel, um mich nicht zu viel anzustrengen. Und als ich den Kopf senkte und mein Gesicht in den Rückspiegel sah, sah ich direkt hinter mir die Hütte, die ich suchte.

Ich drehte mich sofort um, da ich auf Nummer sicher gehen wollte. Und wirklich direkt über dem Steinbruch, sah ich das Dach der Hütte. Ich konnte nicht glauben, dass mir schon wieder der Zufall dabei geholfen hatte. Mit einem Freudenschrei startete ich den Motor und setzte zurück.

Es war schon unheimlich, dass ich immer nur durch pures Glück meine Ziele fand, aber vielleicht war es ja nicht Glück, sondern Bestimmung.

Das Kopfweh war wie weggeflogen, ich dachte gar nicht mehr daran.

Endlich fand ich das Versteck von Alan, und ich hoffte instinktiv, dass mein Traum nur ein Hirngespinst war, und es nicht eintraf, was mir so wirklich erschienen ist.

Ich stellte mein Auto also wieder auf den vorigen Platz ab und beschloss, zu Fuß hinauf zu gehen.

Ich konnte das Versteck von Alan gar nicht sehen, als ich ankam, es war ja stockdunkel und man sah, wenn man im Steinbruch stand und auf die Felswand blickte, die Hütte auch nicht. Erst wenn man um die hundert Meter zurückging, sah man den Vorsprung des Hauses.

Es war purer Zufall, dass ich genau in dem Moment in den Rückspiegel blickte und hinter mir das Dach erkennen konnte.

Aber wie kam ich dort hinauf? Der Weg, den ich vorher ging, schien mir unpassend, da ich weder eine Schneise noch eine Abzweigung erkennen konnte, die über den Steinbruch in die Richtung ging.

Ich versuchte dort entlang zu gehen, wo ich mein Auto hingeparkt hatte, denn ich sah dort eine kleine Abzweigung, die rechts neben dem Steinbruch entlang führte und sich neben der Felswand empor schlängelte.

Auch hier war es wie unten auf der Forststraße, man konnte sogar bei Tageslicht nur sehr schwer den Pfad erkennen, da auch hier schon alles überwuchert war.

Es war aber einfacher, die Richtung zu halten, ich wusste ja ungefähr, wo ich hinmusste und orientierte mich daher nach dem Standpunkt der Hütte. Knapp einen Meter neben mir ging es steil bergab, es waren sicher schon an die zwanzig Meter , wenn man hinunterblickte.

Obwohl ich erst knapp die Hälfte des Weges hinter mir hatte. Um mein Leben nicht schon jetzt zu beenden, ging ich etwas weiter, mehr rechts. Ich hatte nicht vor, falls ich stolpern sollte, als Futter für die Wölfe zu enden.

Bald hatte ich es geschafft. Ich sah das Blockhaus mit jedem Meter näher kommen, und ich freute mich schon, endlich davor zu stehen.

Mein Herz schlug schneller und ich dachte gerade an Alan, ob sie überhaupt da war.

Ein kleiner Trampelpfad führte nach links und ebnete den Weg bis zur Türe.

In einem sehr guten Zustand war das Gebäude nicht gerade.

Das Holz hatte schon bessere Zeiten gesehen, und die Farbe blätterte auch von der Eingangstüre ab. Ich machte einen Rundgang und schaute beim Fenster hinein. Es war sehr schön zusammengeräumt. In der linken Ecke befand sich ein Ofen und in der Mitte des Raumes war ein massiver Tisch aus Holz. Der Boden war aus schönem Kiefernholz gemacht und wirkte sehr stabil. Gleich rechts neben dem Fenster stand ein Bett, auf dem eine Überziehdecke lag. Es wirkte sehr nett und nicht gebraucht. Die ganze Einrichtung wirkte weder alt, noch verbraucht, sondern eher als Zierde.

Natürlich war abgeschlossen, als ich öffnen wollte, es war auch nicht anders zu erwarten.

Ich versuchte es beim hinteren Fenster, aber auch das war verriegelt, und aufbrechen wollte ich es auch nicht. Es war ja schließlich der Besitz von Howard, und das zu zerstören, war nicht meine Absicht. Vor der Türe angekommen, betrachtete ich das Schloss. Die Türe war zwar aus massivem Holz, aber das Schloss war nicht gerade sehr einbruchssicher, und da ich ja als Cop lernen musste, wie man Schlösser knackt, versuchte ich es mal.

Einen Draht hatte ich ja immer bei mir, und den bog ich mir so zu, dass ich die Feder vom Zylinderkopf des Schlosses hinunter drücken konnte. Es gelang mir nach dem vierten Mal, und mit einem leichten Quietschen ging die Türe auf.

Ein breites Grinsen huschte über mein Gesicht, und mit stolz geschwellter Brust ging ich in den Raum. „Tja, du hast auch keine Chance bei Jake", sagte ich zu der Türe und lachte dabei.

Die Luft roch muffig und etwas holzig, aber das Inventar war penibel aufgeräumt und zeigte keinerlei Spuren von Benutzung oder Beschädigung.

Gleich hinter dem Ofen war ein kleiner Raum, in dem ein Herd und eine Spüle standen.

Links daneben war die Toilette.

Ich ging hinein und drückte die Spülung, es funktionierte einwandfrei.

„Das gibt's ja nicht!", sagte ich laut, „da gibt's sogar ein WC da oben!"

Auch als ich den Lichtschalter betätigte, leuchtete die Glühbirne sofort.

„Und Strom gibt's auch?" Ich redete laut vor mich hin.

Ich knipste das Licht wieder aus und wunderte mich.

Es war alles so schön aufgeräumt. Nirgends lag Schmutz oder sonst etwas.

Auf den ersten Blick konnte man meinen, das Haus wäre durchgehend bewohnt.

„Langsam umdrehen und keine Bewegung!"

Ich spürte das kalte Eisen einer Pistole in meinem Rücken. Mir lief ein Schauer über den Rücken, aber ich hatte keine andere Wahl, als dem Befehl zu folgen. Langsam drehte ich mich um.

„Alan, du?"

„Jake? Was machst du denn hier?" Alan senkte sofort die Pistole, als sie mich sah.

„Was machst du hier, Jake? Wie hast du mich gefunden? Woher weißt du, dass ich hier bin?"

Ich war so froh, sie unversehrt zu sehen. Als sie vor mir stand, wollte ich sie am liebsten in den Arm nehmen und sie nicht mehr loslassen.

Wie viele schlaflose Nächte hatte sie mir bereitet, und wie oft tauchte sie einfach aus dem nichts plötzlich in meinen Gedanken auf. Jetzt stand sie wieder vor mir und war schöner denn je. Ihr Gesicht strahlte, oder ich bildete es mir zumindest ein, dass es so war. Ihre wunderschönen Augen durchbohrten mich, und ich konnte den Blick nicht von ihr lassen.

„Jake?" Alan riss mich aus meinem Erstaunen.

„Ja, Alan?"

„Wie hast du mich gefunden? Und warum weißt du, dass ich hier bin?"

Sie fragte mich noch mal.

„Naja, sie haben Howard verhaftet, weil er angeblich irgendwie in den Mord verwickelt war von Angelo. Du hast sicher davon gehört in den Medien. Ja, und ich verkleidete mich als Küchenhilfe und ging ihn dann so besuchen. Und er verriet mir, dass du hier wärst."

„Das war aber nicht sehr klug von Howard, ich hätte ihn klüger eingeschätzt"

Alan wirkte enttäuscht, als sie das sagte. "Naja, jetzt bist du ja da, Jake"

Irgendwie wirkte der Satz jetzt nicht so erfreut, wie noch vor ein paar Minuten.

Mein Glücksgefühl war mit einem Schlag dahin, aber ich ließ es mir nicht anmerken, und tat unberührt.

„Ja, Alan jetzt bin ich da, aber ich kann gern wieder gehen, wenn du willst."

„Nein, bleib ruhig, etwas Gesellschaft wird mir gut tun." Und da war es wieder, dieses Lächeln von Alan, das mich verzauberte.

„Wo warst du denn die ganze Zeit? Wo bist du untergetaucht?"

Natürlich wusste ich, dass sie mir das nie verraten würde, aber ich versuchte, die Stimmung etwas zu lockern.

„Ach Jake, du weißt doch, dass ich dir das sicher nicht sagen werde!"

Und wieder huschte ihr ein leichtes Grinsen über das Gesicht, als sie das sagte.

„Ja, ich hab's mir fast gedacht, Alan. Aber fragen wollte ich trotzdem. Seit wann bist du hier oben? Und woher wusstest du von der Hütte?"
Eigentlich konnte sie ja nur durch Howard zu dem Versteck gelangen. Aber woher wusste sie von Howard, und wie konnten die beiden in Kontakt sein, wenn Howard im Gefängnis saß?
„Ach Jake, das ist eine lange Geschichte, und ich will sie uns beider Willen nicht erzählen. Hast du Hunger?"
Ja, jetzt wo sie es erwähnte, hatte ich tatsächlich Hunger.
Ich war ja schon seit der Nacht auf den Beinen und hatte bis jetzt nichts Festes im Magen. Alan wartete gar nicht auf meine Antwort und ging direkt zum Kühlschrank, um ein belegtes Brötchen rauszuholen.
„Wie kommt es, dass die Hütte Strom und Sanitäranlagen hat?"
Diese Frage stellte ich mir schon die ganze Zeit.
„Ach Jake, die Hütte gibt es schon ewig. Es war der Schlafplatz der Arbeiter, die im Steinbruch beschäftigt waren. Und da sie ja den ganzen Sommer über da wohnten, hatte man, bevor man den Steinbruch schuf, von der Stadt eine Stromleitung und eine Kanalisation gebaut. Als die Firma dann Pleite ging, blieb die Hütte über und Howard… Ach egal, darum ist man hier oben unabhängig, und ich genieße es"
„Ja, das würde ich auch genießen, obwohl auf Dauer würde mir sicher langweilig werden, wenn ich die ganze Zeit hier wohnen würde, da

ist mir das Stadtleben dann doch wieder lieber",
entgegnete ich. Wir machten es uns um den
großen Holztisch gemütlich und ich aß mein
Brötchen. Es war schön, in der Nähe von Alan
zu sein, und mich munterte ihre Anwesenheit
sichtbar auf. Aber das Schönste war, dass sie
gesund und munter vor mir saß. Ich tat mir sehr
schwer, meine Gefühle für sie zu unterdrücken,
denn Alan wirkte etwas reserviert mir gegenüber. Ich hatte das Gefühl, das sie sich nicht
ganz sicher war, was sie von mir halten sollte.
„Jake, warum hast du mich gesucht?" Sie
durchbrach das Schweigen mit der Frage.
„Naja, um ehrlich zu sein, ich träumte von dir
Alan, das war der Grund. Howard sagte mir, du
wärst hier und am nächsten Tag träumte ich,
dass Higgins mit ein paar Männern zu dir kam
und dich in der Hütte fand, und dass er dich
töten wollte.
Ich wachte dann schweißgebadet auf, und beschloss, sofort den Steinbruch zu suchen, was
gar nicht so einfach war mitten in der Nacht.
Und dazu sollte ich im Wald noch diese Hütte
finden!"
„Gib es doch zu, Jake. Du hattest Angst!" Und
sie fing laut zu lachen an, als sie das sagte. „Ich
und Angst? Was denkst du denn von mir? Ich
hatte schon ganz andere Situationen, das kannst
du mir glauben. Mich bringt nichts so schnell
aus der Ruhe."

Nie und nimmer würde ich ihr sagen, dass ich sehr wohl Angst hatte, als ich durch den Wald ging und keine Ahnung mehr hatte, wo ich war.

„Alan, ich bin froh dich zu sehen." Mir rutschte dieser Satz plötzlich heraus, aber wahrscheinlich wollte ich auch damit ablenken, um auf ein anderes Thema zu kommen. Sie sollte nicht von mir denken, dass ich ein Angsthase wäre.

„Jake, ich bin auch froh, dich zu sehen. Und um ehrlich zu sein, habe ich sehr oft an dich denken müssen, seit wir uns das erste Mal im Auto begegnet sind."

Damit hatte ich nicht gerechnet, sie mochte mich auch und musste oft an mich denken. Ich wünschte mir natürlich, dass es so war, aber jetzt, als sie es mir sagte, brachte ich kein Wort heraus.

„Ich meine natürlich, weil ich mich bei dir im Auto versteckt hatte, und dir einige Unannehmlichkeiten dadurch bereitet habe. Das wollte ich nicht, Jake. Sie brachen ja in deine Wohnung ein und das blaue Auto in der Tiefgarage, das dich fast überfahren hätte… also das tut mir Leid."

Woher wusste sie das alles? Wie konnte sie das alles wissen? Ich hatte es ja keinem erzählt. Das wusste ja noch nicht einmal Howard, ich hatte es ihm auch nicht erzählt.

„Woher weißt du das mit dem Auto? Und mit der Wohnung? Ich habe das ja nicht gemeldet oder irgendjemandem erzählt. Wie kannst du das wissen, Alan?"

Sie gab mir keine Antwort darauf, sondern stand auf und meinte nur: „Komm, lass uns nach draußen gehen, an die frische Luft."

Ich stand auf und ging mit ihr ins Freie. Es war angenehm kühl, da die Bäume das Sonnenlicht nicht zur Gänze bis an den Boden ließen und die Temperatur dadurch etwas milder war, als in der freien Steppe.

Wir schlenderten nebeneinander durch den Wald und gingen fast eine halbe Stunde stillschweigend nebenher. Mir ging es nicht aus dem Kopf, dass Alan davon Bescheid wusste. Und vor allem, warum und woher sie es wusste. Nach fast zwanzig Minuten nichtssagender Stille fragte mich Alan: „Jake, was ist los? Du redest nichts!"

„Naja, es fällt mir schwer, dich einzuordnen, Alan. Woher weißt du, dass in meiner Wohnung eingebrochen worden ist? Oder von dem blauen Auto? Ich meine, ich habe weder eine Anzeige gemacht, noch sonst irgendetwas dergleichen."

Aber sie erwiderte nichts drauf, was mich dann noch mehr ermutigte, mir die gewagtesten Ideen auszudenken. Vor ein paar Stunden hatte ich das Gefühl, dass Alan nicht so ganz wusste, was sie von mir halten solle, aber jetzt habe ich eher das Gefühl bei mir, dass ich ihr nicht trauen konnte.

Und wenn sie davon schon Bescheid wusste, dann würde sie auch von den anderen Aktionen am Laufen gehalten werden. Wahrscheinlich wusste sie auch, dass ich bei Howard war, jedoch gab sie es wohl nur nicht zu. Ja, ich mochte sie, und jedes Mal, wenn ich sie ansah, musste ich erneut feststellen, wie wunderhübsch sie auf mich wirkte, und wie sehr ich eigentlich in sie verliebt war. Ich war es schon an dem Tag, als wir gemeinsam im Hotel schliefen, und das hat sich auch bis jetzt nicht geändert. Aber dennoch erweckte sie ein Misstrauen in mir, das verständlicherweise jetzt da war.

„Hör zu, Jake. Ich weiß, dass du dir jetzt die ganze Zeit darüber nachdenkst, woher ich das alles weiß. Wenn der Zeitpunkt gekommen ist, dann werde ich es dir auch sagen.

Aber bitte verlange es nicht jetzt von mir, vertrau mir einfach."

Sie stellte sich vor mich hin und blockierte mir den Weg.

Dann nahm sie meine Hände und schlang sie um ihren Rücken.

Ihre Augen trafen meine und sie lächelte mich an.

„Bitte, Jake. Vertrau mir!" Als sie das sagte, konnte ich nicht anders.

„Okay Alan, ich vertraue dir, aber enttäusche mich nicht."

Es war erregend, ihren Körper so dicht an meinem zu haben, ich nahm sie noch fester zu mir, um zu sehen, ob sie was dagegen hatte. Aber sie hatte nichts dagegen, im Gegenteil.

Mit beiden Händen fasste sie meinen Kopf und küsste mich.

Insgeheim hatte ich die ganze Zeit schon darauf
gehofft, dass sie das machen würde, ich wollte
nicht den ersten Schritt wagen, da ich nicht
wusste, ob Alan genauso über mich dachte, wie
ich über sie. Aber jetzt war es klar, sie dachte
genauso.

Mein Herz klopfte schneller, und ich spürte wie
ein leichter Hitzeschwall durch meinen Körper
fuhr, während wir uns küssten.

Es war ein intensiver und leidenschaftlicher
Kuss, und wir beide genossen es.

„Jake, bleibst du heute Nacht bei mir?" Alan
sah mir freudestrahlend in die Augen.

„Liebend gerne", erwiderte ich. „Du schläfst
auf dem Boden, Alan?"

Sie fing laut zu lachen an, als sie das hörte.

„Aber sicher doch, du Gentleman. Ich werde
auf dem Boden schlafen."

Wir gingen wieder zurück in Richtung Wald-
hütte, aber diesmal ging ich mit einem weit
besseren Gefühl neben ihr, als vorher.

Ich vertraute ihr, warum auch immer.

Doch irgendwie sagte mir eine innere Stimme,
dass ich ihr vertrauen konnte, und die Gefühle
mir gegenüber waren von Alan sicher nicht
gespielt. Ich war mir sicher, dass sie mich
mochte. Aber eine wirkliche Erklärung hatte ich
nicht dafür.

Es dämmerte schon, als wir bei der Hütte ankamen, und eine kühle Brise Wind kündigte
eine kalte Nacht an.

Ich gähnte mehrmals, was Alan auffiel, und sie fragte mich, ob ich denn schon ins Bett wollte, weil ich so müde wirkte.

Ja, ich war auch schon ziemlich müde, aber ich wollte jede freie Minute mit ihr verbringen. Vielleicht war sie ja morgen schon wieder weg und ich würde sie dann nie wieder sehen. Wir setzten uns an den Tisch und ich erzählte ihr von meinem Job, was ich da so alles schon erlebt habe, und von Monica, von Howard und von meiner Wohnung, bis spät in die Nacht. Wir fielen beide todmüde ins Bett.

Am nächsten Morgen, als ich wach wurde, war mein erster Blick auf die Seite des Bettes. Alan lag noch neben mir und schlief. Als ich sie sah, fiel mir ein Stein vom Herzen. Sie schlief noch tief und fest. Ich stand auf und machte Frühstück für uns beide. Es war ein schöner Morgen und ich fühlte mich das erste Mal seit langem so richtig frei und glücklich. Die frische Luft und das Vogelgezwitscher ließen jeglichen Kummer sofort weichen.

Nach einer halben Stunde murmelte Alan noch etwas schlaftrunken „einen guten Morgen" und setzte sich dann zu mir an den Tisch. Sie war sogar nach dem Aufstehen bildhübsch, und die Polsterfalten, die sich in ihrem Gesicht abzeichneten, fand ich witzig. Ich schmunzelte, als sie sich neben mich setzte.

„Alan, ich habe dir gestern fast alles über mich erzählt, aber von deiner Vergangenheit weiß ich so gut wie nichts. Du bist so geheimnisvoll und gibst dich bedeckt. Ich weiß nur deinen Namen, mehr aber auch nicht."

Sie schaute mich etwas überrascht an. „Jake, ich habe dir gesagt, du sollst mir vertrauen, alles zu seiner Zeit. Du wirst schon früh genug mehr über mich erfahren."

Ich gab mich mit der Antwort nicht zufrieden, aber ich ließ es dabei bleiben, lieber nicht mehr darauf einzugehen. Nachdem wir gefrühstückt hatten, gingen wir abermals in den Wald, um Beeren zu sammeln.

Alan wusste genau, was sie pflückte und wo was wuchs. Sie dürfte das schon öfters gemacht haben, aber genau das bewunderte ich an ihr. Sie war so selbstständig und von nichts abhängig.

Nach ein paar Tagen wurde das auch schon zur Routine, und mittlerweile ging ich hinaus, um Beeren zu pflücken. Sie erklärte mir, auf was ich achten sollte. Und danach hielt ich mich auch. Schön langsam genoss ich das Leben als Einsiedler.

Aber mehr noch als das genoss ich es die Zeit mit ihr zu verbringen, und obwohl es irgendwie eintönig war, wurde es trotz allem nie langweilig.

Ich vermisste weder die Großstadt noch mein Büro im Revier. Von der Schreibtischarbeit ganz zu schweigen. Aber lange konnte ich nicht mehr hierbleiben, da sonst Higgins sicher Verdacht geschöpft hätte, wenn ich länger als eine Woche nicht zur Arbeit erschienen wäre. Ein paar Tage waren durchaus denkbar, wenn ich Ermittlungen hatte, war ich auch oft drei oder vier Tage unterwegs. Aber zu lange konnte ich nicht mehr warten. Außerdem hätte ich vielleicht Alans Versteck verraten, wenn Higgins angefangen hätte, mich zu suchen.

Ich sagte Alan am Abend, dass ich am nächsten Tag wieder in die Stadt fahren würde, da man mich vielleicht schon auf der Arbeit vermisste. Glücklich war sie nicht darüber, das sah man ihr an, aber sie verstand den Grund und sagte nichts darauf.

Mitten in der Nacht weckte mich Alan auf.

„Jake, ich habe mich in dich verliebt, und ich vertraue dir. Wenn die ganze Sache vorbei ist, möchte ich mit dir zusammenbleiben. Bitte versprich mir, dass du mich nie wieder verlässt."

Ich war noch nicht ganz munter und wusste im ersten Moment nicht so ganz, was sie damit meinte und warum sie das sagte. Aber ich konnte es nur erwidern.

„Alan, ich hab dich auch sehr gern, schon in der ersten Nacht, als wir im Hotelzimmer schliefen, habe ich mich in dich verliebt. Und ja, ich möchte mit dir zusammenbleiben." Sie lächelte mich an, drehte mich auf den Rücken und setzte sich auf meinen Bauch. Dann küsste sie mich wild und leidenschaftlich.

Am nächsten Tag weckte sie mich wieder mit einem Kuss. „Guten Morgen, Liebling" sagte sie, „danke für die schöne Nacht, die wir gestern hatten."

Ja, es war wunderschön, dem konnte ich nur zustimmen. Ich zog mich an und machte Frühstück. „Alan, ich muss dann fahren, so schwer es mir auch fällt, aber ich denke, es ist das Beste, wenn ich das tue."

„Ja Jake, ich weiß. Aber du weißt ja, wo du mich findest." Sie lachte dabei, als sie das sagte. „Ja, ich bin spätestens übermorgen wieder da, das verspreche ich dir."

Das meinte ich auch so, ich konnte mir nicht vorstellen, ohne sie zu sein, ich wollte es mir nicht vorstellen. Aber es wäre einfach zu riskant gewesen, hier oben zu bleiben. Und ich musste auch in meine Wohnung, ein paar Sachen holen, ich hatte ja nur das mit, was ich an mir trug, und das Gewand war nach ein paar Tagen auch nicht mehr sehr sauber.

Nachdem ich mich fertiggemacht habe, verabschiedete ich mich von Alan und stieg ins Auto. Ich ließ den Motor an, aber schaffte es nicht, gleich wegzufahren. Alan wartete vor der Türe und sah mich an. Es fiel mir noch schwerer, sie jetzt zu verlassen, wenn sie mich so ansah. Ich stieg noch mal kurz aus, um sie in den Arm zu nehmen. Es fiel ihr genauso schwer wie mir, sich zu trennen. Wieder im Auto angekommen, legte ich den Rückwärtsgang ein und schob zurück. Danach ließ ich mich, wie schon das erste Mal, einfach den Berg hinunterrollen. Gedankenverloren blendete ich die Realität aus und dachte einfach nur an die letzten paar Tage, die zweifellos zu den schönsten in meinem ganzen Leben zählten. Ich ging jeden Moment, den ich mit Alan erlebt hatte, Sekunde für Sekunde in meinem Kopf durch, und es war wunderschön, an sie zu denken. Ich konnte es gar nicht mehr erwarten, sie wiederzusehen.

„Danke Jake, dass du mich zu meiner Tochter geführt hast, ich habe gewusst, dass du sie suchen würdest."

Ich erschrak dermaßen, dass ich vor Schreck das Lenkrad verriss und der Wagen längs nach zum stehen kam. Es war die Stimme von Higgins, und als ich mich umdrehte, saß er auf dem Rücksitz und hielt mir den Pistolenlauf an den Kopf.

„Tochter?" Mehr brachte ich nicht hinaus.

„Deine Tochter? Alan ist …"

„Ja Jake, Alan ist meine Tochter, ich suche sie schon jahrelang, sie ist die einzige, die mich des Mordes an meiner Frau überführen könnte. Außer dir, aber dieses Problem wird sich ja in Kürze lösen. Und auch das mit Alan."

Higgins grinste nur, als er das sagte. „Sie haben ihre Frau ermordet, und wollen ihre eigene Tochter umbringen? Was sind sie nur für ein Schwein!"

„Von wollen kann keine Rede sein, Jake. Ich muss es tun. Ich wäre nicht Polizeichef geworden, wenn ich meinen damaligen Partner nicht umgelegt hätte, und als ich ihn aus dem Weg geräumt hatte, war der Posten für mich frei. Nur

so konnte ich das Verbrechen regieren, und es
profitierten ja alle davon. Die Stadt wurde nicht
sicherer, aber ich ließ die Leute in dem Glauben, dass es so sei. Nur ich hatte Zugang zu den
Akten, und so ließ ich ein paar Fälle einfach
verschwinden, um die Statistik zu beschönigen.
Ich hatte die Macht über jeden Verbrecher, und
eine Hand wäscht bekanntlich die andere. Wenn
mir jemand in die Quere kam, ließ ich ihn um-
legen, und Blake war mein Werkzeug."
„Ich wusste, dass der Ausbruch getürkt war, sie
Schuft!"
Ich kochte vor Wut und wollte Higgins am
liebsten umbringen, aber er lud die Waffe durch
und drückte sie mir noch fester an die Schläfe.
„Ja das war er, Jake, ich ließ Blake laufen, damit er mir behilflich sein konnte.
Aber ich machte einen Fehler, ich verschloss
die Akten, die ich mitnahm, bei mir im Keller,
und meine Frau fand sie. Sie drohte mir, damit
zum Staatsanwalt zu gehen, und das konnte ich
natürlich nicht zulassen. Also ließ ich sie er-
tränken im Pool. Natürlich war es ein Unfall, so
wie mit dir, Jake. Auch das wird nur ein trauri-
ger Unfall sein." Mir wurde schlecht, als er das
sagte, denn ich wusste, dass Higgins zu allem
bereit wäre, er scheute vor nichts zurück.
„Aber Alan! Warum Alan?", fragte ich.
„Alan, warum Alan?" Er machte mich nach.
„Sie ist die einzige Zeugin. Auch sie sah den
Aktenschrank, den ich im Keller stehen hatte,

ich erwischte sie dabei, als sie gerade dabei war, ein paar mitzunehmen.

Sie rief dann nur noch „Du Schwein hast auch Mum auf dem Gewissen", schmiss die Akten weg und rannte aus dem Haus. Ich war aber zu überrascht, um darauf zu reagieren, und sie versteckte sich verdammt gut. Auch Blake konnte sie nicht finden und er ist verdammt gut. Darum ließ ich dich auf die Sache los, du bist der beste Cop, und ich wusste, du würdest die Spur solange verfolgen, bis du sie gefunden hast. Natürlich habe ich, bevor du bei mir eingebrochen bist, die Akten verschwinden lassen."

Jetzt wurde mir alles klar. Ich fand die Akte von Alan eher zufällig in meinem Schreibtisch in der Lade, es bestand eigentlich nur aus ein paar Zetteln mit Notizen. Das brachte mich auf den Fall. Higgins wusste, ich würde neugierig werden und dem weitergehen, was ich ja auch machte, aber eigentlich fand ich Alan dann ja eher zufällig, als sie bei mir im Auto war.

„Ja, Jake so ist das Leben und ich habe nicht vor, mein Leben wegen Mordes im Gefängnis zu verbringen. Wenn ich Alan mal ausgeschaltet habe, gibt es keinerlei Beweise, und du hast mich ja direkt zu ihr geführt. Blake lasse ich verhaften, der stellt für mich keine Gefahr dar, und einen Mörder wie ihm wird man kaum Glauben schenken."

Da hatte Higgins recht, Blake würde man kein Wort glauben, wenn er sagte, Higgins stecke hinter all dem.

„Also, Jake du hast deine Arbeit getan, und das sogar sehr gut, aber dennoch muss ich dir jetzt Lebe wohl sagen."

Er schaute mich mit einer versteinerten Miene an, als er das sagte.

„Ich fürchte, soweit wird es nicht kommen"

Higgins und ich zuckten zusammen, als wir das hörten.

Ich erkannte sofort die Stimme von Howard, aber ich konnte mich nicht freuen, da ich zu erschrocken war.

Auch Higgins war so erschrocken, dass er die Pistole, die er an meine Schläfe hielt, fast fallen ließ.

Ich war der erste von uns beiden, der sich wieder erholte. Mit einem Satz drehte ich mich um und schlug Higgins die Pistole aus der Hand. Nachdem ich sie an mich riss, schleuderte ich die Waffe aus dem Auto.

„Howard? Wo bist du?" Ich rief nach Howard, aber ich konnte ihn nirgends sehen.

„Ich bin im Kofferraum, Jake. Mach mir auf." Ich hechtete aus dem Auto und rannte zum Kofferraum. Howard lag gekrümmt und hielt Higgins, der sich nach wie vor nicht bewegte, eine Pistole an den Rücken.

„Verdammt, Howard, bin ich froh, dich zu sehen. Dieses Schwein wollte mich und Alan umbringen!"

„Keine Sorge, Jake. Alles in Ordnung. Alan ist auch in Sicherheit, es ist vorbei."

Er kletterte aus dem Auto und stieß einen Pfiff aus.

Nach ein paar Sekunden kam ein Dutzend schwer bewaffneter Polizisten aus dem Gebüsch und seilten sich von den Bäumen ab.

Sie zogen Higgins aus meinem Wagen, legten ihn Handschellen an und nahmen ihn mit. Das ganze passierte innerhalb von zwei Minuten, und so schnell es passiert war, so schnell war es auch vorbei. Ich stand noch immer benommen neben Howard, und mir kam es vor, als sei ich gerade mitten in einem Film.

Aber Howard holte mich wieder zurück.

„Jake, alles in Ordnung? Du bist so blass?"

„In Ordnung, Howard? In Ordnung? Ich wäre fast umgebracht worden, und du fragst mich, ob alles in Ordnung sei? Warum bist du hier? Du solltest doch im Gefängnis sein?"

Ich verstand jetzt gar nichts mehr.

„Um deinen Arsch zu retten, Jake, darum bin ich hier. Das ist also der Dank dafür?"

Howard hatte ja recht, er hatte mein Leben gerettet, aber ich war noch so durcheinander, dass ich das alles noch nicht begreifen konnte.

„Jake! Jake!" Alan lief auf mich zu. „Jake, geht's dir gut, ist alles in Ordnung? Ich hatte solche Angst um dich!"

Sie sprang in meine Arme und drückte mich ganz fest.

„Ja, alles in Ordnung, Alan, aber bitte lass mich los, ich bekomme ja sonst keine Luft!“

„Entschuldige, Jake, aber ich bin so froh. Es ist vorbei, wir haben dieses Schwein endlich.“

„Ja ähhh…“ Ich wusste nicht was ich sagen sollte, ich kannte mich immer noch nicht aus, aber allmählich beruhigte ich mich wieder.

Mittlerweile waren nur noch Howard, Alan und ich auf der Straße. Es war, als ob nichts passiert wäre.

Howard durchbrach das Schweigen. „Kommt, lasst uns rauf in die Hütte gehen, ich denke, Jake hat einige Fragen.“

Und ob ich die hatte.

Wir setzten uns an den Tisch und Alan nahm meine Hand.

„Also Jake …“ Howard fing an zu erzählen. „Ich bin der oberste Befehlshaber im Zeugenschutzprogramm, und Alan kam zu mir, weil sie mir sagte, ihr Vater hätte ihre Mutter umgebracht, aber ihr fehlten die Beweise dafür. Und als wir hörten, dass der Vater von Alan Higgins ist, wurden wir hellhörig. Wir forschten nach und fanden heraus, dass du schon auf der Spur von Alan bist, und dass Higgins es so gedreht hat. Also beschlossen wir, dass Alan dich kennenlernen sollte, um Higgins damit zu ködern.“

„Dann war das kein Zufall, dass ich sich Alan bei mir im Auto versteckt hatte?“

Ich fragte lieber noch mal nach.

„Nein Jake, bei uns gibt es keine Zufälle.“

Howard erzählte weiter.

„Nachdem wir uns sicher waren, dass Higgins angebissen hatte, ließen wir den Dingen freien Lauf und taten das eine oder andere, um die Sache etwas anzukurbeln.

Als Blake aus dem Gefängnis ausbrach, hatten wir noch ein Ass im Ärmel, auch er sitzt schon in Haft und hat gesungen wie ein Vogel."

„Aber Howard! Angelo musste sterben! Und das Auto in der Tiefgarage, das mich fast überfahren hätte … Und du plötzlich im Gefängnis?"

So ganz ergab es für mich noch keinen Sinn.

„Das Auto in der Tiefgarage war meine Idee, Jake. Ich musste dir das Gefühl geben, dass du auf der richtigen Spur wärst.

Und das mit dem Gefängnis war natürlich auch geplant, es war für mich die sicherste Lösung, um Alan zu beschützen. Keiner würde einen Mörder in Verbindung mit jemandem aus dem Zeugenschutzprogramm bringen, und ich wusste nicht, wie viel Higgins über mich wusste, oder ob er überhaupt etwas über mich wusste. Darum auch der angebliche Mord an Angelo, den es natürlich nie gab. Angelo war unter den Polizisten, die Higgins soeben festgenommen haben.

Und auch, dass du einfach so ins Gefängnis spazierst, um mich zu besuchen, auch das wussten wir natürlich, du standest die ganze Zeit unter Beobachtung. Aber wir ließen dich in dem Glauben, du wärst gut darin, einfach so in den Hochsicherheitstrakt zu spazieren."

Howard fing laut zu lachen an. Ich fand das nicht lustig, vor allem nicht, weil Alan daneben saß und mitlachte. Ich kam mir gedemütigt und ausgenutzt vor.

„Also war ich der Lockvogel von dir und von Higgins? Na toll …"

Der Gedanke daran war nicht gerade sehr erfreulich.

„Und Alan: Von dir war auch alles gespielt?" Alan sah mich an und drückte meine Hand fester.

„Nein Jake, das war nicht gespielt. Das was ich die letzte Nacht zu dir gesagt habe, das meinte ich auch so."

„Wenigstens etwas, das nicht geplant war" murmelte ich.

„Ja Jake, in wen man sich verliebt, kann man nicht planen", meinte Howard.

„Du und Alan, ihr wart ständig unter Beobachtung. Nur Alan wusste es, du nicht. Wir waren sicher, dass Higgins zu der Hütte kommen würde, es wäre das beste Ziel gewesen, Alan und dich dort zu töten, darum wählten wir sie auch aus, um zugreifen zu können. Wir hatten von jeder Seite Einsicht und der Wald war ideal, um sich zu verstecken. Wir sahen Higgins in der Nacht, als er zur Hütte schlich, und ich versteckte mich im Auto, um dich dann einzuweihen, wenn du wieder in der Stadt gewesen wärst, aber es kam dann doch anders."

„Und nun ist es vorbei.", sagte Alan und gab mir einen dicken Kuss.

„Das ganze Versteckspiel ist vorbei, Jake."
„Aber Howard, wer kümmerte sich um deine Ranch, während du im Gefängnis warst?
„Ach, Jake, wir sind ja mehrere Leute, die im Zeugenschutzprogramm tätig sind, das haben meine Kollegen gemacht. Aber dass gerade du in die Sache hineingeraten bist, das konnte ich natürlich nicht wissen. Aber ich musste meine Identität schützen, und vor allem die von Alan. Ich hoffe, das tut unserer Freundschaft keinen Abbruch."
„Nein, Howard, tut es nicht. Du hast ja nur deinen Job gemacht."
Ich war nicht böse auf Howard, es blieb ihm ja nichts anderes übrig, als das ganze geheim zu halten.
„So Jake, ich hoffe, es ist jetzt alles erklärt, eins noch: Wir haben dein Auto verwanzt, haben also ein volles Geständnis von Higgins bekommen, ohne dass er es weiß. Er kommt sicher nie mehr aus dem Gefängnis. Falls du noch Fragen hast, kannst du mich ja jederzeit auf der Ranch besuchen kommen. Mein Haus steht dir immer offen. Aber jetzt lasse ich euch zwei einmal alleine."
Howard verabschiedete sich und ging. Ich war noch immer ziemlich sprachlos und musste das alles verdauen und langsam an mich herankommen lassen.
„Jake, ich bin so froh, dass dir nichts passiert ist." Sie umarmte mich wieder.

„Lass uns doch die eine Nacht noch hier auf der Hütte verbringen. Und morgen fahren wir in die Stadt. Die Zeitungen werden sicher voll sein von der Story.

Aber wir müssen zusammenräumen, bevor wir fahren, die Hütte gehört nämlich wirklich Howard." Jetzt musste ich lachen, als ich das hörte. "Okay Alan, bleiben wir heute noch hier."

Wir gingen hinaus und spazierten den Wald entlang.

„Es ist vorbei, Jake. Endlich." Alan drehte sich zu mir und küsste mich.

„Nein Alan. Ab heute fängt es an, ich lasse dich nie mehr alleine, das verspreche ich dir. Ab heute fängt unser gemeinsames Leben an."

Sie sagte nichts dazu, sondern schenkte mir nur ein Lächeln, es war genau das Lächeln, in das ich mich verliebt hatte.

Stefan Schottleitner, geboren 1981 in Baden bei Wien, schrieb fast zwei Jahre lang an seinem Erstlingswerk. In seiner Freizeit schreibt er Gedichte, Schüttelreime, und arbeitet schon an seinem zweiten Krimi.

Danksagung

Mein besonderer Dank gilt:

Bernhard Speer, der sich die Zeit und Mühe gemacht hat, um mit mir dieses tolle Coverfoto zu schießen.

Meinem Bruder Manuel, der mir dabei half das Buch zu verbessern, sowie meiner Schwester Vera, die mich tatkräftig unterstützte.